言耕句读

蓝色牧歌 著

沈阳出版发行集团
沈阳出版社

图书在版编目（CIP）数据

玄耕句读 / 蓝色牧歌著 . -- 沈阳 : 沈阳出版社，2021.10
　ISBN 978-7-5716-2083-7

　Ⅰ.①玄… Ⅱ.①蓝… Ⅲ.①诗词 – 作品集 – 中国 – 当代 Ⅳ.① I227

中国版本图书馆 CIP 数据核字 (2021) 第 215317 号

出版发行：沈阳出版发行集团 ｜ 沈阳出版社
　　　　　（地址：沈阳市沈河区南翰林路 10 号　邮编：110011）
网　　　址：http://www.sycbs.com
印　　　刷：定州启航印刷有限公司
幅面尺寸：170mm×240mm
印　　　张：13.5
字　　　数：142 千字
出版时间：2021 年 10 月第 1 版
印刷时间：2021 年 10 月第 1 次印刷
责任编辑：周　阳
封面设计：优盛文化
版式设计：优盛文化
责任校对：李　赫
责任监印：杨　旭

书　　　号：ISBN 978-7-5716-2083-7
定　　　价：79.00 元

联系电话：024-24112447
E – mail：sy24112447@163.com

本书若有印装质量问题，影响阅读，请与出版社联系调换。

蓝色牧歌
LAN SE MU GE

序

耕读，初犁已成河……

工作之余，闲暇之时，总喜欢涂涂抹抹，绳记时光以自娱，从未想过要付之梨枣。一日，友建议结集成册，我不觉乐了，认为这些写给自己的字无须以另一种形式存在。但坐了下来，循着绳结的足印一路追溯回去，用现在的心境去印合彼时的散淡心情，暗自嘲讽着自己的矫情，笑着笑着却泪流满面，突然懂得了这些文字对我的意义，出走半生，终于遇上了最纯净的自己，所以决定整理这些散落在风中的字，以刻录时光。

十年又十年，经历了恋爱、结婚、生子、求学的一路波折与坎坷，走了与别人相反的路。在该学习时我却恋爱了，在该结婚时我却在学习，在该送娃上学时我却遇上了生育困难，在该教育娃时我却因被掏空又重新走进校园，如此这般抗争抗衡着，一次次"失血"一次次"造血"。当终于收拾好心情带着悲壮激昂之势继续前行时，父亲一纸癌症晚期的"判决书"将我惊醒，如果这还不足以唤醒我重新审视生命的意义，那则是我的一次体检查出了体内有微小癌细胞，虽不危及生命，但敲响了警钟。一向坚强乐观的父亲在生命后期却用一种复杂的眼神剜在我的心上，我猛然醒悟，活着，好好地活着便是生命的全部意义！敬畏自然，敬畏生命！轻喜，随安，我的世界开始天高云淡，花香风轻。生命美好，自然处处是奇迹，从此文字中有了蝉蜕的意蕴，遂步履渐趋轻松，赴途如归。

沉浮人海闲为字，旁观百态皆是诗。行云静思流水过，般若乐活独自痴。生活点滴皆可化字为诗，故平凡记录思索一二，整理归纳如下：听风拨弦流年忆，茶言茶语三五夕。色淡亦浓寻幽处，我行我歌皆可期。四句诗四个部分，每个部分分别整理出不同时期的随感小札，新旧体诗词形成组诗可自成一体。

自由来去，且行且歌，一段特殊时期留给自己的字，无求其他。

2021年3月1日春渐浓

写于合肥

目录 CONTENTS

辑一 听风拨弦流年忆 \ 001
　　一、读秋 \ 003
　　二、遇冬 \ 022
　　三、春即 \ 040
　　四、鸣夏 \ 052

辑二 茶言茶语三五夕 \ 061
　　一、问茶 \ 063
　　二、逸思 \ 068
　　三、沉吟 \ 092
　　四、微见 \ 103

辑三 色淡亦浓寻幽处 \ 113
　　一、玄语 \ 115
　　二、耕阅 \ 127

三、拓句 \ 137

四、了悟 \ 150

辑四　我行我歌皆可期 \ 159

一、且行 \ 161

二、且歌 \ 177

三、轻觉 \ 186

四、如归 \ 198

辑一

听风拨弦流年忆

玄耕句读

蓝色牧歌
LAN SE MU GE

一、读秋

古韵菊骨黄，相思字词凝为霜。一片长词与短句，相望，悠然东篱诗成行。

隔一段尘，落一片秋，轻寒上了枝头，一束束黄一束束红在诉说一路而来的匆忙，鸦与鹜的焦灼惊飞了秋子最后一个花苞的梦，天与水的青瓷袖了一坡风，拢紧了夕阳的咽喉。轻踏小桥流水，异乡人的路，许一程安稳，浅尝一盏清欢，出走在时间的流，放牧被拉长的身影。

秋风读字，一页页，一章章，逐字逐句，翻遍了自然的经史子集，青苔做了注解，解读半世的匆忙，墙壁的斑驳记忆，把陈年旧事片片剥离。岁月沉香，入茶入酒，沉浮而观，细酌而续，"谁家秋院无风入，何处秋窗无雨声"。温润的雨把尘埃擦洗得透明，临影恍神，谁是谁非，谁主谁客，谁又在待谁归？绵延，渐行渐远渐生……

2017 年 10 月 2 日

走近秋里

秋是美的，我不得不奔赴你，我藏在你的袖口，你梳在我的

发间，我们在一路尘烟的夹缝里下笔，奔波流离，不愿图谋一己之私而舍弃善愿，不愿意喊苦，以笑典藏花事荼蘼。

你的气候淤伤是我的旧疾，我的生命初期的否定也是你的质疑，你赶赴的途是我的宿里，我所在的乡是你的原乡，无需皇皇巨著释读，只作刚柔并济的小令随时翻阅。

彼此互为镜像，活在各自的缘法里，无须时空言语，时光草舍里总有对方的一席地，可以共赏东篱之菊……

2017 年 10 月 27 日

无题之一

一壶茶

两杯盏

三点星光浅

四朵流云阑珊

五只寒鸦懒

六句茶话淡

七步花雨坠

八方清风影吹散

九曲新音断

十里秋叶频落弦

天上人间

2017 年 10 月 29 日

无题之二

墨香苦渡寒秋路,
素笺绢书凭寄处。
叩船枯荷迎风歌,
艳骨凌波芳魂舞。

2016 年 10 月 18 日

无题之三

寒露秋菊迷薄暮,
檐下有谁细语,
秋子试穿霓裳。
斯时谁在繁华处。
素屐尘烟踏花影,
临风扶步红尘渡。

2016 年 10 月 23 日

玄耕句读

蓝色牧歌
LAN SE MU GE

立秋

昨夜有风低诉,
片言化为诗行。
一纸长词短句,
隔句频频相望。
最是多情叶问,
色色平分西窗。
檐下有谁细语,
秋子试穿霓裳。

2017 年 8 月 7 日

一叶惊秋

半城烟雨半城凉,
一叶惊秋一禅机。
归去来兮合梦住,
残红流水最相惜。

2017 年 10 月 22 日

秋之歌

被风吹瘦的秋水

层层涟漪着

思念如枫染遍南山

野外的小径干净利索的白

没有了青草的遮掩

目送远去的雁阵

驮着夕阳为渐老的蒹葭梳妆

苍苍容颜

尽染着一缕余晖红霞

有水鸟浅浅斜过

犹如一支一唱再唱的经典秋之歌

辽阔着渐冷的空旷

在最后秋阳的怀里枯萎

吟歌低落尘埃

融化成梦

月圆月缺暑往寒来

把心的种子交给大地

待雪掩埋

明春还会翠绿身影

这不是凋零

而是

沉淀的神韵

2018 年 10 月 19 日晨

秋之呓语

没有灵魂断裂的声音

只是又一夜呓语

我出现在晨光里的第四章节

有星星点点的花瓣别在发间

片片残叶化蝶踩住韵脚

任凭窗前的一剪云影

释放久违的情怀,放歌于苍茫

一纸水墨的屏影里绘尽清淡平仄

两行莫名的异动在脸颊上蠕爬

经停唇间,绽出新蕾

那枯藤古道的瘦马是提笔滴落的一滴墨

小桥流水是心间不停拨的弦

秋的苍白如鲠在喉

凋零成尘成实

装点着远方

装点着天涯

雨潇潇而来润泽的不是果实

而是落叶

探索明春复苏的根的秘密

做一粒安静的种子

为冬眠储梦

咬紧大地

孵化一只饱满的蛹

2018 年 10 月 20 日晨

拾秋

暖红的街灯

拉长了身影

述说着太阳的梦

投宿在黑夜的门下

2018 年 10 月 23 日晚霜降夜走有感

拾秋之二

（一）

今夜的秋色

有着少言寡语的凉

带着某种恩典

默念着树影里的暗香

路边的星盏指认着

被夜风反复吹冷的月亮

那是几千年前

那个着汉服的人

躬身用弹弦的手指折合的诗词

三尺毫管在水边打捞的那个月吗

飘忽的行踪让山近了又远

让水盈了又亏

让炊烟娉婷依依

让故乡在心头站立

（二）

树枝伸出枯瘦的手掌

离枝之痛带着冰冷的修辞

看黄叶满坡的绝句瑟瑟

风开始磨刀

花在结籽

醒着的枕头

不能拯救睡梦中狂奔的人

流水干枯了眼眶

山河干瘪了胸腔

母亲缓慢地移动着笨重的身子

沉静地点燃灶膛里的枯草

2018 年 10 月 24 日晚

最后一场秋雨

突然而至又无声无息

像是一种诀别

横扫枯萎的旷野

野草以桀骜不驯的姿态

期待着下落不明的火种

小野菊妖娆着从秘境里走来

万物已裸露出隐秘的底色

从琴弦高处陨落的

不只是黄叶

轻轻捂住跌落震颤的回音

　　流水里有刀

　　木舟错把深陷当作爱抚

　　苍白的云朵裹了黑

　　用不期而遇填补

　　倏忽来去又杳然无踪

　　收紧的光影设伏冷色调

　　在冰雪必经的路上

　　寂静中的喧嚣

　　修辞淋漓

　　泛滥的敬畏拨响半阕秋色

　　这不是空旷的沦陷

　　只是留白处把光阴点破

　　深藏的绚丽

　　浓稠的雨

　　从深眠的江山里动身

　　在尘埃的微光里抵赴

　　冬的隘口

　　　　2018年10月26日夜走记这个秋日里的最后一场雨

秋花

东篱菊花浅尝酒，
把盏诗行又醉秋。
偷觑陶翁窗下眠，
几章辞赋残枝瘦。
一把清风闲赋画，
一笔白云织成绸。
静若空谷雅趣生，
动似游丝可作舟。
开合阶前无字书，
一行花开诗一首。
且随行云流水去，
最解千古易安愁。
百花散去始尽燃，
眉攒玉露笑小楼。
一曲平仄有闲韵，
尽付光影澹水流。

2019 年 8 月 14 日晨

秋思

（一）

去字红叶秋风炫，簌簌随风落阶前。
逍遥天高一字云，崖岸水中声声慢。

（二）

温茶把酒赏东篱，千头万绪话浓淡。
只醉诗心未醉人，不觉却已三更半。

（三）

去年花事怎萦怀，而今只剩深与浅。
青春一别各一方，流落岁月飞浪散。

（四）

时光荏苒心不老，遥寄风情秋更远。
如若来年雁字时，还应相约城南见。

（五）

星星烛火夜摇红，参差阴暖剪明暗。
流云重重月依稀，仿若隐现伊人面。

2019 年 9 月 2 日晨

秋日语

矫情、规避
杂乱之中的又一枚秋序
心空则静
提笔与落日语

偶尔小盹的拙笔
异化为温柔的爬虫
蛰伏于春花夏蝉秋深冬眠的节气
时光的薄纸泛黄
五彩斑斓的秋语
随风叫嚣

最是不甘落幕的一丛秋花
独饮冷霜
默默在斜阳里回味
喧嚣过后的荒凉可是另一场繁华
寻踏先人足音拾级

放迹远山,日月交替
一次次穿渡,一次次归寂

最美的历程是永不抵达的博弈

生与死、灵与肉

子宫与坟场、娩出与归去

风声鹤唳

心与魄的站与卧的姿态的

不期而遇

2019 年 9 月 14 日晨

秋燃

秋，浓了诗意

瘦了时间

未然的风景独痴

撒下辞藻

亦然的落红

飘为岁月影影绰绰的韵脚

浓淡秋色，平仄秋意

经典成唐诗宋词的旧书与黄卷

铺开的情节与记忆

整段整段的抒情

把我交付于书页的句点

看几首菊香傲骨

听半阕残荷肠断

时间的叹息如落叶

席卷着走失的词语

聚叶生火,有光穿透了我

远方起舞的召唤

迸裂出所有呼吸的碎片

通透的光影,颤抖的灵魂

被风奏响的骨笛

拔高着秋绪

将自己挣脱

2019 年 10 月 26 日晨安

鹧鸪天·秋

(一)

那时秋雨今朝逢,却话旧曲各西东。
同吟共唱紫竹调,浣花笺上词未工。
青玉案,旧尘涌,
鹧鸪声声又朦朦。
泅泅婆娑胭脂黛,对镜重描点绛红。

（二）

灼灼秋来月未凉，一笛窗下理红妆。

唐风拂过千般意，宋雨催开一径香。

踏莎行，任疏狂，

绿水深知细柳长。

但听秋子窸窣语，一夜风声无叶黄。

2020 年 8 月 9 日晨秋来初雨

玄耕句读

蓝色牧歌
LAN SE MU GE

辑一 听风拨弦流年忆

蓝色牧歌
LAN SE MU GE

二、遇冬

雪。浅浅蹄花散作雪，漫天舞，对语扑翅蝶。

无题

（一）

者时节，西风软，枫火三千。

竹篙一竿泊舟闲，歌自渔家，不觉江寒。

（二）

云漫舒，送轻寒，影动珠帘。

轻风翻错了诗篇，零落为泥，一地字乱。

（三）

残秋尽，一灯禅，瘦了河山。

一夜西风池清浅，晓冬未隆，喜忧参半。

（四）

管毫新，难落笺，欲画岚山。

何日与东君重挽，碧水云天，红新绿渐。

2017 年 11 月 8 日立冬

雪之绝唱

白色的火焰

冰点的燃烧

风用冷酷的锋刃

思索

水

典当给了雪的寓言

挣扎的鸟翅收割着光线

阴影开始委顿

时光从高音区跌落

碎裂的瓷片

反弹

阳光带着冰冷的修辞

枝头长满冬的绝句

洪荒里的种子

携海归来

蛰伏

茫茫世界里

隐隐的雷声轰鸣……

2017 年 12 月 14 日晨有雪

闲思·约雪

（一）

冷时节，若絮云头细月。

轻霜扫，枝头寒怯知更鸟。

西风烈，芦荻簪花水边斜。

寒江催，两岸闲钓何时雪。

（二）

东风别，谁身飘摇似雪。

又天涯，冷香枝头为我家。

心切切，莫说轮回当若此。

暂如归，不信东风不相携。

（三）

如梦约，梅萼初绽一阕。

轻叩窗，随风阡陌潜入夜。

君知否，西风白发吹千缕。

晶花软，簪于眉间叙离别。

（四）

千秋雪，漫天飞絮城阙。

剪绒花，许似轻风拟燕斜。

执手看，尘心不染两情悦。

伴梅开，应借一枝东风写。

2017年12月13日，据说不日有雪，盼

雪藏

雪与冬日对峙了很久
终于来了
携海而来的一场
革命
水开始沉沦

高飞的鸟翅
不鸣不惊
伴随着雪的旁白
晃亮路人的眼睛
风有了锋刃的想象力
雕刻着这世上最冷的花朵

一片片一层层
雪藏着所有逃亡中隐疾的踪影
舞动的白色火焰
烧穿了无数个冬天
或平铺直叙或意识流手法
横扫着大地

漫过谷底

穿越了葱茏岁月

雪已覆了青春的封顶

思想的高原

雪莲正在盛开

目光飞翅攀缘雪域感怀

茫茫一片

只有那支笔

在白纸上来回踱步

犹如留在雪地上的脚印一串串

听着笔尖沙沙的声音

仿佛风雪夜归人的跫音

2018年1月3日晚雪

雪饮

飞鸿雪泥

拥炉小酌

以雪以饮

其醉醉矣

风点着雪的烟

燃起一炉跳动的火苗

在浅白的对话中滋长

今晚平常心，没有传奇

冰点与火烈

昂扬与温存

冻结的目光被暖化

雪无法向火借宿

火焰的临危一挽

冰释着雪凝的思念

冰点与火烈，昂扬与温存

融入一杯微醺浅醉里

我也忘了我的名姓

温暖而透明

既然青春已满溢

就捧起这杯有温度的雪

听火的呓语，看雪的余生

原来每个人都可以自我完备

带着骄傲

带着恬静

在一个下雪的新晨接纳扑面而来的冷

2018 年 1 月 4 日晚

玄耕句读

蓝色牧歌
LAN SE MU GE

雪翅

握一支瘦笔

煮几丁冷冻的字符果腹

从黄昏灯光里突围思绪

弥漫成雪

就在今夜里

刹那

四月的梨花已开透

婉约了唐宋

梦

江南丝绸华服掉落的一粒纽扣

沉入眠土

惊雷处

带着雪的剑翅

诗

破茧而来……

2018年1月6日晚

与雪语

这一场雪
呈现了大唐的丰韵
天地对白着
万物被白色劫持
一场盛世繁华

我挤进画面里
递上笑容与清风
无言的素白压出内心的卑微
越过岁月
跌落心底的一声啸

我在你的注视里走神
你依然行走在鸿蒙初辟时
而我却在另一个世界里消沉
靠近靠近
剥离我一层一层的俗与尘

只要愿意呵护
每朵花儿都会绽放
我要带走两朵

一朵融于今生的行囊

一朵落于未知远方

轻履薄屐的足印串成大地的佛珠

一粒一粒眠于雪的覆被下

一端连着经年而去的楼空

一端连着绵绵的远方

2018 年 1 月 9 日

十六字令·风雪夜归人

风,最是萧瑟此时风。踏马来,一弯素弦弓。

雪,浅浅蹄花散作雪。漫天舞,对语扑翅蝶。

夜,寻章问句雪归夜。研墨淡,写意诗词缺。

归,泥炉煮酒待人归。遥问否,何时与梅醉。

人,素心六瓣拈花人。欲语时,憔悴了三分。

2018 年 1 月 10 日

玄耕句读

风的手
梳理着大地上的生死
犁开春的记忆

蓝色牧歌
LAN SE MU GE

雪融

一场盛世之剧已雪融

雪已化成酒杯里的酒

热气腾腾饮下

连同今晚的月光

连同夜色里的自己

风的手

梳理着大地上的生死

犁开春的记忆

冬的灵魂从檐前滴落

昨天翩飞的雪蝶

蔫在枝头等她的梁兄

街角的路灯已开始写信给海

那窗下的一堆被肢解的时光残骸

怕是什么药丸也拼凑不了完整

夜深处有跌撞的人影站起

追上他的梦

伴着白驹嘚嘚的蹄声

裸奔进春天里

2018年1月11日

飞雪

风
携了尘声
散入云波里
浪
轰然穿透无形之门

蛰伏已久的歌
从心底燃起
冷月崩裂了瓷片
伴着远山的清钟
雪
飘然而至

抽象的悬浮
写意的铺排
极致的飞跃
轻柔的浅歌
你的目光是低缓的海浪
读出冬草的向往

纯粹的白光

抵御着溺暗的侵袭

飞赴美好的宁谧

我纵身一跃

浮游在这茫茫里

几世已轮回

2018 年 1 月 27 日

雪蝶

透亮的记忆

扑蝶的翅膀

排成长队

跟随白驹的蹄音

一遍遍踏过光阴的虚构

折射出白光

我裹紧冬之长袍

扑向时间的围地

等待群山如聚

带着青瓷的暖

等待莽原升起古老的篝火

舔起金色的火焰

有一个梦

已在我的梦中而梦

有一个沉思

已在我的思中沉思

向着空谷呐喊

山那边回应着春的喧然

2018 年 1 月 29 日

初雪

光阴的断层

时光一夜瓷裂成皑皑的雪

溪窗的白

落树成梨花

绷紧的弦响不停

弹落急流飞絮

漫天飞舞的苍白

填满深不可测的天空

忐忑中张开双臂

等待拥抱

等待被覆盖

流年未亡

冬月未尽

将记忆洗得发白发亮

倏忽绽放美丽的诱惑

寒香摇曳

散落眉宇

听得懂此时纯白世界跳动的音符吗

特定的瞬息

给你感动

传奇的旋律

未曾落拓的章节

消融城市与村庄

穿过春秋与明天

无界限的飘落书写

慢镜放缓岁月

凝视与包容反复濯洗的白

素白间

这尘世的悲欢

一览无余

2018年12月9日晚初雪

玄耕句读

蓝色牧歌
LAN SE MU GE

辑一　听风拨弦流年忆

三、春即

小桃枝头风叩问,笑破尘埃流年红。斯时谁在繁华处,一江春水且向东。

无题之一

独占一枝别是春,
笑梅啼血不落尘。
赏心何须二三朵,
且与流年共情深。

2017年1月14日

无题之二

一坡花开一声笑,
一壶浊酒影几人。
一来一去道上客,
一聚一散又一春。

2017年2月26日

无题之三

你我皆是风霜客，
傲然枝头即是春。
艳艳浅笑犹似伤，
流年一瞥轻叩尘。

2017 年 3 月 15 日

无题之四

芳菲四月渐归隐，
一壶淡茶慰风尘。
且歌且行且流水，
静于静中静有声。

2017 年 4 月 17 日

诉衷情·一袭东风

一袭东风妙笔裁，艳骨冷墨台。
费尽丹青着色，横扫幅三百。
图未成，春寒耐，莫相猜。
何须悲歌，风景游弋，心暖花开。

2017 年 3 月 12 日

山暝

写意的风
有点浓稠
推门入山
唤醒沉睡的云

隐姓埋名的花儿在路边摇曳
那漫卷的清氲
像深居简出的聚结流萤弥散
叶尖上水珠的滴垂
犹如深思的老髯

谁是时间之外的画梦者
置办着一山山诗意的饕餮
用唐诗宋词铺路
流觞曲水挽着佛与道
一袭素衣就成了仙

斜阳草榻，竹瘦鹤狂
掬一捧山泉，采一把毫尖
醅酒烹茶
对饮品青山

唯有山间时光不会凌乱

看瀑悬崖一线

让诺言里积攒的力量

化为不可一世的闪电

让灵魂在嚣尘中

举重若轻，时光撞击

激流回旋

透明度错觉的接力

一部山的野史

经过岁月的洗礼

埋下千秋的伏笔

涉水而去

谁是时间之外的画梦者

揽尽长词短句

一湾清浅

初心可见

至善

松涧里依稀有清梵

2018 年 2 月 7 日晚

玄耕句读

蓝色牧歌
LAN SE MU GE

声声慢

丹青，水墨，染了重重山。
春风柳上八百弦，
拂去枝头二月寒。

一弦，一笛，绕了层层岚。
歌声，曼舞，绿了淡淡烟。
独吟，花夕，咽了声声慢。
你在，江南，又见年年燕。

2018 年 2 月 24 日

玄耕句读

蓝色牧歌
LAN SE MU GE

江南好·新语

春风柳上八百弦,
拂去枝头二月寒。
平湖绿水棹有痕,
泛舟云间波也蓝。
风景当年别样痴,
杏花先探江南岸。
杜鹃声声啼血归,
柔情莺莺终觉浅。
指捺紫琴数声里,
绿烟似教罗裙染。
妖娆春花胭脂红,
醉靥青春绽一半。
借得东风入梦来,
鲛绡尺幅已画满。
思丝青红并岁尘,
灯火阑珊伴歌眠。

2018 年 2 月 25 日

逃之夭夭

小桃枝头风叩问,

笑破尘埃流年红。

斯时谁在繁华处，

一江春水且向东。

2018年2月26日

杏花酒家

（一）

素描年华，妆化残花。

几度轮回，春又满架。

惹了离殇，思念打马。

梦乡写意，笑声谁家。

牧童遥指，村头杏花。

（二）

一季沧桑，斑斓诗化。

记忆音符，歌落天涯。

瘦却秋水，书中情话。

漫卷诗词，跌落笔下。

几度暗香，枝头梅花。

（三）

流年似水，老了芳华。

时光流逝，一指流沙。

浮云往事，丹青入画。

半纸烟雨，洗尽铅华。

断了浅笑，三千牵挂。

（四）

几抹浓墨，一枝诗画。

低吟浅唱，青春刹那。

岁月沉香，闲看落花。

来去如风，以梦为马。

醉饮何处，坡上酒家。

2018年3月1日解语"借问酒家何处有？牧童遥指杏花村"

三月蓝

三月的天空

有了清透的瓷蓝

可以成就诗意的雨

也可以把原野点燃

所有蛰伏的梦

都开始破土而出

稚嫩的翅

翕动在自己的天空

一蓝

永蓝

2018年3月7日

春寄小调

半扇桐花流落
阳光慢理裙裾
清眸轻轻摇曳
听那柳叶吹笛
暖风荡了花香
流水年光何栖
远山一翠欲滴
绿语新添几笔
青丝绾作铜镜
怕思却又思你

2018 年 4 月 19 日晨

辑一　听风拨弦流年忆

蓝色牧歌
LAN SE MU GE

四、鸣夏

纸间菡萏香溢远,檐下滴雨听清禅。长亭短柳曲径幽,芰荷映水一念间。

雨荷

雨点荷叶诗句落
瑟瑟花语韵流深
凝碧碎影青鸭动
朦胧意境有红裙
风拨柳弦喑天籁
荷随舟动雨淋淋
十里画卷绵延处
借来笔墨一览尽

2019 年 7 月 15 日晨题图作

日月签

越山遇水之旅
只为唤醒本心的蓝
观平生绵延的山水

内心的声响，给谁留白

如是所思化成崖岸
逐向远方，时光不会荒凉
瘦瘦的平仄醉成一吟
淡月浅思，捡拾疏雨
坐地听禅，眸光焚香

刹那的出世入世
颠沸了一季的逼仄
抛荒的字意枯了残句
时间为签，孤影照水
记忆中的前言后跋能否为执念再序

爱惟愿，轻卷帘
隔世的影匿与隐形
埋香的青冢里的碎响
又一场虚无的雪崩
蝶影故地
负伤的词句穿心落尘
点红时光碑，迎眸莲生

2019 年 7 月 28 日晨

无题

纸间菡萏香溢远，
檐下滴雨听清禅。
长亭短柳曲径幽，
芰荷映水一念间。

2019年8月20日晨

无题

一烛暖春半盏茶，
十里春风九坡花。
闲云野鹤三两声，
径深炊烟四五家。
百点星火恣情燃，
醉看花红六七八。
纵是千般春不舍，
不觉蛙鸣又近夏。

2020年4月13日晨

辑一　听风拨弦流年忆

蓝色牧歌
LAN SE MU GE

留春令·雨后

扑春风雨，落花消息，眉上阵阵。

露映胭脂向东庭，二三朵、红妆醒。

阴晴不定变化频。辗转随风影。

任是春容减三分，待新晴、绣夏裙。

2020年5月1日，昨晚一场小雨，新月伊始

无题三首

（一）

浮生天涯闲，

坐卧看青山。

晨晚光影疾，

匆匆琉璃间。

（二）

竹隐楼深明暗，

草长路幽屐轻。

侧耳梧桐邻院，

时有玉笛飞声。

（三）

轻云沉浮旧事，

六朝陈迹残鸦。

何须惆怅春尽，

惜取当前物华。

2020 年 5 月 6 日晨

无题

春归红疏绿意稠，柳棉絮絮不绝休。

又是一年春去也，荼蘼残春春已瘦。

夏已至，将挽酒，杜宇声脆琴声幽。

煮得青梅酌千斛，弦波扶烟尘外舟。

2020 年 5 月 14 日晨

无题

映莲半开青杏小，

仔燕试羽枝间绕。

一岸堤柳拂碧水，

绿萍浮梦逐波摇。

夏荫深深待新蝉，

熏风灼灼花眉梢。

东风频剪层叠浪，

娇颜初展小蛮腰。

2020 年 5 月 17 日晨，夏意渐浓

蝶恋花·无题

（一）

追蝶西岸过桥东，临水堤上，尽是胭脂红。

东风拂柳浪千重，低燕斜飞入画中。

又是一年风光好，烟柳曲桥，疑似南山踪。

卧醒花影石溪旁，一壶新碧醉清风。

2020年5月18日晨

（二）

扑风消息入楣帘，竹韵青青，游丝凝轻烟。

弱水溪动去若返，一泓静波濯青莲。

草舍光影可弄弦，闲水慢茶，侧耳听流泉。

无绪无思一瞬间，不禅不仙悟自然。

2020年5月19日晨出游

浣溪沙·读纳兰

（一）

谁曲离歌惊落花，凭栏斜依问月牙，芭蕉风起自嗟呀。

半阕清词排旧遣，寻句纳兰听胡笳，错空知遇话蒹葭。

（二）

落霞夜露胭脂泪，飞纱斜阳夜空醉，

忘断归尘流水回。

慕君清词淡墨思，弦音玫瑰牡丹灰，

笔下寻味不言悲。

2020 年 6 月 9 日晨

西江月·无题

菡萏半池静燃，问语当空银蟾。

如去如来话流年，对影斟茶坐禅。

雨洗小楼骤然，琴幽若无盘桓。

谁在寻梦又夜半，指下春秋偷换。

2020 年 6 月 18 日晨，又一夜雨

卜算子·无题

（一）

叠韵莲莲香，宋曲声声萦。

小语螺螺扑入怀，清影拈花萼。

苦吟为哪般，琴瑟弦中诺。

却忆那时半卷词，点墨心头落。

（二）

笔下玲珑赐，婉转湖心泊。

媚眼蜂腰淡处描，出水青莲萼。

修得素心禅，心字凝成朵。

一别经年无那尘，雁飞江之左。

2020 年 7 月 25 日晨，五更醒消磨游历一下

辑二

茶言茶语三五夕

玄耕句读

蓝色牧歌
LAN SE MU GE

一、问茶

一面青湖一面楼，半城烟雨半城秋。

踽行

　　此生寓居在人的皮囊里，读经典看世界，行走自己，无非是去寻去走一阳光的路，若灵魂可以拍卖，正义可以典当，何必走一趟人生？

　　你若美丽且美丽，你若聪明且聪明，我在我里而痴愚，我只想对着一江的冷清而歌而哭，你刺痛了我的一腔热血，我猝不及防地失血于惨淡的现实，我是不是从此失去爱的勇气，我是不是从此懂得爱要有所保留，我是不是从此懂得保护自己，我是不是从此不再信任阳光，我是不是从此离去……

　　如果阳光下的玫瑰要靠鲜血来哺育来唤醒，你是否听见我夜半的歌哭，你紧闭的冰冷的心门，难道没有听见求救的叩门声，人格的裂痕何以修复，苟活的笑声如哭……

　　我们一路匍匐，一路找寻，不过都是为了完成自己，你是你生命的断点还是续集？因义而行义，因爱而布爱！此生此世，连绵不绝，一世又一世……

2017 年 11 月 16 日晨，为江歌哭……

唱晚

斜阳铺笺,莫嗟此际逝水东流,秋光正好,随风兴烟,淡淡华年,些些况味百尘牵。瑟瑟秋水,脉脉送秋凉,对饮寻常,舞影纤纤,闲来信步向清流,惊鸿叠飞暮帘。长空浮云如雁,轻鸣浅浅,叶惊尘落似蝉,又三秋渔歌凭岸,芳华似水,恁个日月穿梭,熔金醉染水天。

2019 年 9 月 21 日晨安

点绛唇·秋忆

（一）

琴瑟初闻,书中月光星辰聚。光阴如滴,逝水难成曲。去留无意,空惹弦上续。拈花语,浅草马迁,匆匆阶前雨。

（二）

木本无息,清梦堪扰枕上叙。檐前待雨,却忆当年曲。辗转流年,离人满目痍。青苔语,不问归期,且等复年雨。

（三）

千般诗词,待我赤心尽散去。恨不能去,唯把忧思叙。借窗烛光,临秋莫听雨。隔时续,喑喑似语,却话当年曲。

2019 年 10 月 5 日秋忆

双调水仙子·无题

一面青湖一面楼,半城烟雨半城秋。落雨归秋雨落后。昏灯黄,影如舟,问谁剪残花影枝不留。徒添相思愁,还记春水柔,魂牵两头。

2019 年 10 月 8 日晨安

无题

风凉值秋晚,浮云等闲看。
人随鸿雁少,蒹葭共江远。
鸟问花间井,人卧秋里眠。
琴音竹篱起,宋词滴阶檐。
笑语话今昔,无意论悲欢。
如来又如去,清明在远山。

2019 年 11 月 2 日晨安

无题

轻颜清瘦拟诗家,幽然落禅盈成花。
江上当年谁独坐,半身蓑笠半袈裟。
远村炊烟游若起,归雁天边落平沙。

红泥小炉杯未举,寒梅枝上待雪发。

2019 年 11 月 25 日记断断续续的初雪

无题

旧雨栖弦,暮远思浅。
新雪归雁,远近翕然。
红袖敛眉,绾发青簪。
风停素砚,洒墨忘川。

2019 年 11 月 26 日晨

临江仙·山居秋暝

秋问青山冷暖意,簌簌叶落秋暝。
小桥流水送花去。恨别枫叶诉,黄柳任风疾。
瑟瑟翠竹扫阶影,琴音撩动灵犀。
白云深处有仙居。斜阳枝上依,晓月裁新衣。

2020 年 10 月 28 日晨地铁上看图语

辑二　茶言茶语三五夕

蓝色牧歌
LAN SE MU GE

二、逸思

丹青不知岁月老，点点诉相思。月光旧色，青泠泠，往事飘雪，落梅点，沉香如屑，一炉故念沸帘屏。

弹剑而歌

弹剑而歌抒壮志，
匣中金刀伴诗鸣。
但临城池沧海笑，
春秋几度牧弦人。

2017 年 6 月 16 日

辑二　茶言茶语三五夕

蓝色牧歌
LAN SE MU GE

渡

一滴墨穿过黑暗

时间生出羽

我潜伏在一首词的边缘

沉迷着对自己的研究

长词短句的间隙产生语言

只要你读

无声中也会听见

固执的片段抽出新感

回旋

答案并没有出现

困惑中的稍作停顿

沉溺地描绘

企图完整表达自己

语法却难以捕捉

灵动的瞬间

裂变

各自存在

各自完善

一颗没有准备的心

不经意间有了

此岸与彼岸

2018 年 2 月 22 日

月光白

比白淡

比水柔

滴落

渗透进更低处

踟蹰

夜的盲

在月光里四面楚歌

细数悲欢过往

酒已被酿薄

和着花香

醉香

和着天空

悟空

暗影被洗劫纷纷倒地

月光叠落在影上

漂白

仿佛从他乡回到故乡

终缠绕成一段

薄如蝉翼的念

一贫如洗的崖壁

把所有执念交于简朴的色彩

做了一回形上的勇士

影如莲般在绝壁上绽放

茕茕孑立着弦歌雅意

不是消极遁世

而是行走于世的一袭素白绸裳

心里的月光汹涌

慢慢把人灌醉

打捞出谁的梦

待翅振羽

月光白，白月光

2018年3月13日

辑二 茶言茶语三五夕

蓝色牧歌
Lan se mu ge

古巷

老街，青石板

一根穿过岁月的弦

沉淀

嗒嗒的跫音唤醒光阴的慢

斑驳的影读取如归的梦

云

入不敷出

古巷幽深

时间的夹缝里

沿着自己走下去

故事

一阶一阶的斑斓

2018年2月21日

李白，你别走！

今晚我揉碎了月亮不眠

敬亭山头一壶酒

看云荡轻舟

玉笛飞声几万里

气呵盛唐梦不留

你砸开天空的铜锁

银河飞落如洪

对影的三人

剑指长啸刺破谁的愁结

酒中日月喝出山高水流

平仄里宛转着羽翅的自由

青云梯

飞天舟

一日千里飞渡

你抱月归

牵日出

你这个乘风破浪的勇士

你这个不谙世事的孩童

把黄河咆哮的豪情

酿成月光

踏碎窗前一地相思

鹏举鹤影

杯尊故乡

迎风歌

回来再畅饮江河

醉了千古绝句满坡……

李白,你别走!

    2018 年 4 月 18 日晨,夜半醒,读李白诗作有感

唐朝的月

借李白的一碗酒

把月光掰碎

挂在胸前把玩

连十里春风都有了点岁月晕黄的味道

春江花月夜里一曲梨花落

一弦一线的唐朝在心上被弹拨得生疼

草堂里杜甫还在庭前修剪月影

瘦了的目光卷起千堆雪

先生的沉疴痼疾需要抓诗入药

月光煮水

八百里锦绣长安

红墙、照壁、古塔

不醉不归

裁一袭月白把唐诗三百铺满

一身青衣一骑山水横穿

隔壁王维家的古瓮积雨甚多

和着月光酿一杯千秋醉

渴饮醉眠

裁一袭月白把唐诗三百铺满

一身青衣一骑山水横穿

跌撞的月光已拿捏不住平仄

妙曼为一地狂草

残破的陨墙押住格律的韵脚

一滴宣纸上溢出的墨刺破月光

出格

问归已无归

长安的酒馆

诗人的断剑

先贤渐去渐远……

此时只有梅影窸窣

轩窗卷帘

一支瘦红独自妖娆了千年

2018 年 5 月 20 日晚

玄耕句读

蓝色牧歌
LAN SE MU GE

六月如遇

我蹚过时间的围地

停滞在风的隘口

一颗寒星的一刀划痕

剖解了我的脉络基因

从感染雪寒未愈的伤处

抽出枝枝凝血的箭

犹如红梅花开

我是潜入冰河世纪堡垒的妖姬

一星微光会把我燃尽

远古的呼唤如无弦的弦音

韵律叠叠而至

抑郁着遥远的念穿肠入骨

天穹的月白冲洗岁月

嘀嗒青鸟踏歌来寻

闪电劈裂顽疾

淌的是刺骨的痛

六月携风如遇

似醒非醒之间

蝶在破茧

蝉在脱壳

人出离了自己

绿色的光在围捕我的只言片语

来历不明的指令术语直指伤口

我已经缴械

不再左冲右突

捂着伤口清泪成行

涤荡重复阴谋的旧时光

循着一熹光多年后能否相依为命

无疾而终

2018年6月2日从手术中醒来

走风

　　一场雨从南山赶来陪我，被雨水洗过的月亮在我的梦里晃了多年，影合着几支蒹葭叠印在书中，看你从中走来，看你的回眸藏在诗词的每一个韵脚里。

　　只有夏蝉懂我，午后会为我而歌，用阳光勾兑的清律，逼出我骨头里的寒气。此时我无法禅悟，但我有一颗虔诚的心仰望长空，我相信有一条隐秘的路通向天堂，几只鸟儿盘旋，升起又落下，伴着远村的炊烟拔高着我的想象。

有风拨弄琴弦，心似莲开，前世今生，世外桃源，暗合着起点与终点。在一滴水里，我纯净得像初生的婴儿，阳光哼唱着歌曲拍打着我的后背。让心踏飞燕而奔，被花香诱惑，有燃亮的篝火，穿越远古的星辰，没有带走什么，也没有留下什么。

此时天空幽蓝，你是否还会在风中，殷殷地等我？

2018 年 6 月 21 日晚

无题·露下秋客浅

露下秋客，总觉浅。天高，夜色凉。红花谢，绿林黄，鸿雁下斜阳。桂树茂，菊有香，天籁无语也铿锵。一纸山河，跌宕。一坡明月，微黄。往事点苔，斑斓巷。嗒嗒跫音，心上。一行光阴，一笔香。自静养墨，风光。心眠云，薄语素言，诗行。晨起，清风闲放。新日新，旧念不忘。一抹浅笑，画桥时光。

2018 年 8 月 14 日晨

九月

九月，穿过夏季的温度

筑草舍于秋里把往事洗薄

记忆里的麦田在冰蓝的天空下

演绎着一曲又一曲淡淡伤感又幸福的乐曲

与一张素纸轻语

阳光温柔了锋芒

风裹住消瘦的日子

火热的记忆催艳了秋叶的梦图

我在九月的夜里等待十月的黎明

在回忆里打捞光阴

青春却如永远爬不上岸的鱼

岁月的弦越拨越细

九月的最后一朵花

把心事肆意向秋风表白

把芬芳说给月光听

说给流水听

说给我听

说给尘埃听

随明天瘦尽

不留痕迹

微颤的枝头坚着骨

露珠顺着骨头滑落

那不是水

那是秋里最后一滴泪

滋润着明春的花种

当十月来临

请一定用你温软的目光

去拂拭弦音

不要挑动

那最细的一根

2018年9月22日晚

玄耕句读

简朴幽微
低眉素然

蓝色牧歌
LAN SE MU GE

冬日思语

秋风辞去

万物抱朴已深

草木守拙静吟

冬眠的需要闭关自守

枝丫上的巢,泥泞里的脚印

是素朴的钵

放空,待续

裁剪一段光阴

有中蕴无

无中生有

明日从海里醒来

挂在飞檐上

一树树的落红摇醒了老屋的影子

篱边的阿黄佝偻着风染的乡愁

梅又开始在深谷里咳血挑绣

大雪奔赴在路上

千里水墨已铺好

洗白了六百古诗

玄耕句读

抄好了三千经卷

蛰伏的种子已安眠

任一巷巷一坡坡的时光斑驳

无悲无喜，无始无终

无惊无扰，无怨无忧

一眼风雨一笔河川

简朴幽微低眉素然

置身于一茶一香

如深山如梵响

古朴里融静听光影

清淡里自持起峰岚

蕴势

等桃夭来寻

2018 年 11 月 24 日晨

无题

丹青不知岁月老，点点诉相思。月光旧色，青泠泠，往事飘雪，落梅点，沉香如屑，一炉故念沸帘屏。青灯前尘，檐雨数尽，自喜而安，自安而静，自静一枝伴阴晴。一半花期一半凋零，一朝风起两相忘，三生江湖三弦音，弹破四时衣，一笑五蕴百媚生，六朝华都七年遇，八百尘土掩芳魂，九千诗行上云亭。至此半途章节隐野史，琉璃时光青衫影，话长纸短浮秋萍。

2019 年 8 月 23 日晨

无题

两袖梨烟琴弄雪，
半盏浅笑生眉睫。
幽然闲斋沉吟客，
雁书未寄灵犀歇。
忆及那时词凿壁，
片言只语字化蝶。
才下蛾眉深深锁，
无情最是多情月。
提笔欲书秋凉卷，
叶落花飞驿路别。
昔有纳兰悲画扇，
今宵入得谁词阕。
流水人间弦弹破，
槛夜回首心音绝。
腕底秋风山水遇，
最忆放翁题傲节。

2020 年 8 月 27 日晨

玄耕句读

温书开卷幽兰室，我启窗儿东篱掩。

蓝色牧歌
LAN SE MU GE

鹧鸪天·无题

秋紧夜凉我梦闲,我听鸟语风里绵。温书开卷幽兰室,我启窗儿东篱掩。

肥瘦笺,百花残,我痴我执我笑浅。飞舟隔岸听荷声,我叹韦陀错过昙。

2020年9月20日晨秋思

如遇

渐渐喜欢上在某个时日的间歇

去寻一小截自然亲昵

适当出离累了的世事

倦了的人情

一次洗尘造血的过程

无须语言而任由目光穿越撒欢

不思不想

无我无境

时间空间仿若盐蚀成一种遗忘的感觉

可以有借宿的风

可以有回忆的字

可以有成匹的鸟声

可以有野花的挑逗

可以有水还魂

点滴的意外都是时光的馈赠

心如流云

目随秋蓬

炸了线的文集散落如遇

不是梦也不是逃避

而是往事的回烟

显影的不是逝水的空城

是叩门的潮汐

天光云影各自去留

干干净净

孤傲一芰的微语

彻悟

如草似云自俱足一生

时光重叠，新与旧，得与失

往昔与现在，朝升与夕落

相互指引辨认

以足丈量距离

以美为归赴

如游似归

2019 年 10 月 9 日晨

辑二　茶言茶语三五夕

蓝色牧歌
LAN SE MU GE

三、沉吟

宣纸空山往事远。笔下落雨，碎红几点。

青衣之一

一曲青衣听梵唱，
万般流转醉嫣红。
雨过天青云破处，
乍艳洪荒色色空。

2017 年 7 月 1 日

青衣之二

嗟呀声里醉销魂，
素衣锦瑟等闲分。
惊艳借得胭脂色，
且与流光共执深。

2017 年 7 月 4 日

青衣之三

雨过天青云破处,
这般颜色做将来。
一嗔一笑皆有悟,
眼波流转惊天籁。

2017 年 7 月 5 日

无题

书似青山常乱叠,
灯如红豆最相思。
梦里原乡谁曾是,
独怜卿狂我为痴。

2017 年 7 月 30 日

江南

(一)江南岸
云树低,阴晴半。
帆来去,潮生还。
南北别,隔了岸。
疏雨落,客家散。

（二）江南水

平沙路，霁生烟。

风临波，漾素练。

漂泊客，渔唱晚。

江南水，斜飞燕。

（三）江南月

西楼月，清辉满。

云落处，冰吐鉴。

浪花里，钩若弦。

圆缺时，遥遥看。

（四）江南雨

风送柳，满长川。

碧瓦青，眸生烟。

红绡润，入梅天。

朝与暮，梦若连。

2018年5月5日晚

一剪梅·一缕云淡

（一）

宣纸空山往事远。笔下落雨，碎红几点。潇潇风起总觉浅。

幽幽来思，心有云眠。

阳光三叠声声慢。点破情由，眉生烟岚。迢迢水渡长亭晚。归去来兮，黄花一瓣。

(二)

一轮明月书鱼雁。梦里梦外，自有洞天。琴音云破落花笺。岁月怡然，听风有禅。

半炉时光茗香盏。布衣常素，影静生莲。十里水墨天青染。一抹笑浅，一缕云淡。

2018 年 11 月 21 日晚

行香子·夜读

清风翻书，似见有无。案头影、闪烁红烛。流光袭梦，常伴夜读。卷千帘月，一帘风，半帘竹。横穿今古，走马经椟。清韵深、百转相顾。字中知遇，莫问归途。见禅中仙，茶中客，画中姝。

2019 年 7 月 29 日晨

行香子·读诗

三百诗篇，淡月窗前。抒胸怀、洗心台砚。唐宋遗风，轻拨梦弦。千山风雅，小舟穿，醉若仙。静墨若丹，留笔尘缘。呈薄幸、描绘千千。东浪之声，江啸云喧。唱满江红，西江月，鹧鸪天。

2019 年 8 月 2 日晨

秋将尽

古渡斜阳人犹在,
野径舟横波光中。
且叙秋色风来晚,
但见枝头月渐浓。
懒翻书页琴筝默,
孤雁长鸣向碧穹。
曾与共剪西窗烛,
今夕又听瑟瑟风。
无赖最是秋将尽,
依了轩窗又傍桄。
西风若解秋水意,
勿遣黄花守篱东。

2019 年 11 月 4 日晨整理去年字

无题

(一)

风一阶,雨一阶,风雨填一阕。
雨一阶,风一阶,秋绪又一叠。

(二)

心中月,杯中月,同饮秋辞别。

杯中月，心中月，一骑秋尘绝。

2019 年 11 月 5 日晨安，再不下雨，秋天就过完了

无题

秋深秋去秋几行，
长词短句染冷霜。
最是秋声欲断魂，
我与冬令隔岸望。

2019 年 11 月 7 日晨安，留秋不住

无题

冬来雪不远，
雪来即知春。
何怨萧条意，
渐落方渐生。

萧萧落叶祭秋风，
一季秋思渐流空。
冷字并非明月意，
入夜依旧照楼东。
且辞枫火添围炉，

远山疏雀几声钟。
莫道天寒无好景，
雪霜深处待梅红。

2018 年 11 月 8 日立冬晨安

长调古风新韵

又黄昏，苇风静待雪，僧立残阳西沉。点点飞花，铺设落红，拟古道瘦马成韵。月影溢霜冷，诉与柳琴，却怕柳琴多情，唐突了佳人。尽萧索，旧尘翻遍，素墨铺陈。不惊，一阕清词吟，烛豆妖娆共影。醉梦莫冷了芳樽，疏狂寥寥沉香，恰字宫词阁，步醉花荫，任缱绻。惯花开花落，萍聚萍散，云云苍生。青玉案，纵是千根锦瑟，能述几分。

2019 年 11 月 30 日最是弦述无语时

行香子·无题

雁落平沙，舟唱晚霞。云天处，夕照西斜。烟村桥上，流水人家。燃一丛香，一庭月，一盅茶。

朱弦灯下，风穿篱笆。暮云聚，天青云崖。踏歌沉醉，咿咿呀呀。任三分痴，两梦欢，半羞花。

2019 年 12 月 1 日，2019 年的最后一个月开始了

无题

谁说斜阳平仄晚,述字千千。八百楼阁,九水十山,墨青青,将暮未暮意阑珊,恪守经几卷,多少诗词旧迹,娉娉芊芊问盏。歌舞雁,秦汉隋唐,都归了,流水涓涓,旧时文章,王谢华堂犹南园,五代继根系华夏,枝茂叶繁。年年似,从容歌笙山远,曲未尽,去又还,且将余酒敬来年,访梅雪前春不远,轻抚美人肩,恰回眸半坡月,一溪烟,两三点,清欢。

2019 年 12 月 4 日晨安

无题

蒹葭老,临岸望,秋心犹在,眉间雁几行。指上流年匆匆弦,语短情长,朝飞暮落哀莫大于鹧鸪唱。好梦落拓,瘦影旧诗囊,咿呀是非又阕半,岁月深浅水一方。带病词,相思扣,一点飞鸿映斜阳。落叶点点无别意,题红千里霜,最是瑟瑟风送笛,羁客先闻在他乡。

2019 年 12 月 5 日晨的咿呀语

无题

些些况味无由从,铺笺即雨即风,随心舒卷夜色浓。者次第,帘卷灯红，千千小字影重，乖伶问茶，分明笑靥，转瞬失惊鸿，只道伊人画中。几回回思忖，几回回雅颂，几回晴窗雨夕可追踪。多少殷勤凭契合，流水尚复东。锦字裁句剪冬衣，欲雪且从容，牧歌轻弦，砚泉笔冢，醉亦醉，伊人同。谁家短笛层楼撞钟，只一刹，回眸雁阵，一字去长空。恰夜浓千盅。

2019 年 12 月 7 日晨安，记某一瞬自娱虚度时光

无题

深巷老窗染墨，
簪花颜色自酌。
且听流水禅音，
蟾光茶影婆娑。
莫道秋风画扇，
眉端尘烟成昨。
素笺来去擦肩，
险韵平仄谁握。

2020 年 8 月 25 日晨

画堂春·梅

横塘一阕晓梅妆，半痴半醉疏狂。
和风小令拨弦响。清音几行。

借得霜雪画魂，笔底冷骨生香。

艳艳飞鸿饮琼觞。虬枝劲苍。

2021 年 1 月 6 日晨地铁上乱填一首

玄耕句读

蓝色牧歌
LAN SE MU GE

四、微见

尺素之书，字字为岸。行之吟吟，水湄山巅。

无题

拨弦吟三秋，落叶如舟。窗外淅沥细雨斜风随琴流，尺素残烛赋，昨夜月望西楼，今日晨雨嗖嗖，却道冬凉如秋。

2019 年 11 月 13 日晨安，窗外有雨

招魂

笔尖追不上
诗绪的烟雨
困顿在时光里泛黄
一抹瘦红在枝头招魂
谁的禅音不绝于耳？

等一个最冷的日子
与时光对饮
倾听霜雪的呢喃

目光惊翅

攀岩哪一座高峰

相握华夏的根系上行

上古的歌谣

诗经　汉韵

唐诗宋词

横竖撇捺的中华魂

一只从灵动黑字的厚土

飞出的布谷鸟

横穿二十四节气

隐入田园梦里

2017 年 2 月 20 日

冥思一瞬

让时间止于字间止于弦落

远方静默在远的方向

前世的灯照着异乡

月盈了心上，乍离中乍合

幽微的古意，绵延的苍穹

思

流出指尖，一滴溢满了钵

那里是我的国

不可言破

一瓢清浅，饮尽你我

悟与不悟，说与不说

似与不似，落与不落

瞬与一瞬间

醉了山河

2018 年 1 月 17 日

墨梅

你模仿着梅花

走进宣纸里

吸纳着时光

留白处恋墨

玄妙的暗香

回旋中宁静定格

沐着线装书的目光

不经意间诗经的随想

悠然成一阵古风

除残积的尘障

无奢望春之暖阳

无求现世徜徉

是岁月沉淀

还是相续梦一场

2018年3月3日

影子

须臾不曾离开

灵犀于心上身旁

凝眸

刹那慌张

谁是主居

谁是客身

时光开始重新丈量

界定边际

影子却扶你站了起来

你在看着另一个自己

2018年3月6日

思之玄玄

弦音玄玄,青之青莲。
缕缕情丝,绺织千千。
朱笔催花,素素烂漫。
墨竹枝枝,笔笔眷恋。
梦识笔归,旧途斑斑。
横撇钩捺,遥遥咏叹。
欧颜柳体,锋锋落宣。
尺素之书,字字为岸。
行之吟吟,水湄山巅。

2018年3月10日

高跟鞋

妈妈没穿过高跟鞋,有一日她突然盯着我的鞋看了很久,问难受吗?我坏笑着说:"美啊,哪里难受,老妈,你穿过高跟鞋吗?"妈妈突然脸红了一下,犹如我和她谈到爱情。

七十多岁的脸上有了红晕,记忆中妈妈四十岁到现在,发型、服饰、鞋子都没有改变过,更别说化妆品。"嗒嗒嗒"的脚步声沉闷没有个性，根本无从辨识，伴着我们成长，伴着病中的父亲，唠叨着爸爸的各种任性，焦虑着生活的琐碎，这些仿佛成了她身体的一部分，也犹如一条奔腾的溪流，穿过城市、村庄、过去、现在，还在和明天一起前进。

一一闪过的晨昏里祥和、宁静，滋养着城市里的我们，那里不仅是母亲的记忆，更是一个时代的父母缩影！一声"放假你回来吗？"让我立刻取消了假期外出的所有计划，不知逃往哪里的心立刻把方向辨明，我要踩着高跟鞋去打趣她与老爸的爱情。从平实中汲取能量，以便能拔高节奏踏着空寂的地面，在老爸老妈的注视下再次"嗒嗒嗒"地远行。

2018年4月26日晚

随感

心有暖，日不寒。走入秋野深处，还能看见几朵残色小花，秋水渐枯，蝴蝶翅冷，草木的经史子集春秋随处展卷，秋风读几页，秋虫翻几页，侧耳听，字间有白驹的蹄音。

平仄起伏随心而动，四季倏忽，时光流与不流，得韵处，随地春山，处处花暖，笔涩时，虬一枝菊黄梅数点。词语追逐着词语，像满地的落叶，积攒着时间的叹息，低入尘埃，丰富着生命。

深处的自己缓缓融入奇迹，一次次耕读着生死的秘密。尘迹与芳踪，山水一程的碎影，归鸟、行僧、烟云、水晕，谁的足音点踏秋之旷野？半阕菊音把冬的心事乱开，体内的种子，像夜空停宿的路灯，是句点，是韵脚，踩着清幽，呼啸成初冬的另一景致，划过……

2019 年 11 月 11 日晨记昨日湿地寻幽

无题

残阳斜照霜色紧，青瓦石墙旧院深。
别枝秋风阶前噪，归鸟云中三两声。
若隐楼上闻笛者，行至庭前半掩门。
几欲叩门终未成，只因不是曲中人。

2019 年 11 月 21 日晨安

无题

四野狂浪归清浅，浓淡流云易覆天。
唯有暗香能添色，一丛新怒傍冬栏。

2019 年 11 月 23 日晨安

无题

水墨雪飘，点梅君子，檀毫。古风苑里宿兰轩，集雅调，指上流云，任赋作，阙阙琼瑶，黛眉皎，丹青青衫与粉面，笔下妖娆。腕底生风，若忆当年字，句句倾城，纷纷流光吹玉箫。香未消，红

渺，枝老，只待风吹又一春，扶柳美人腰。静，阿娇。观，月摇。

2019年12月10日晨垒字

无题

借来冻笔新词赋，远山如舟。轻描云几朵，赏也悠悠，叹也悠悠。冷风芦花雪，似愁，夕落惊鸿，渔歌吟晚洲，待月叩，更有几飞鸠。恁是尺幅素笺诉，好景笔瘦，尽妩媚，何必寻由！

2019年12月11日晨垒几个

无题

月失一半色，花落两三声。
四时有轮回，何事问阴晴。

2019年12月19日晨安

一剪梅·无题

秋去临水一叶舟。枯了荷骨，瘦了愁眸。半阕雁字题层楼，声声不休，故问何由。

呼雪欲来他山酒。不许情深，不许唱酬。一分醉意叠新句，逢韵不休，佯把花嗅。

2020年11月26日小雨霏霏

月中行·暗香

融融月色扶长风，轻纱暗香涌。兴来借古赋花容，点点枝上红。

弱水天音萦绕回，画意浓、似幻如逢。借词赊句亦玲珑，字字寄丹衷。

2021 年 1 月 12 日地铁上

辑二

色淡亦浓寻幽处

蓝色牧歌
LAN SE MU GE

玄耕句读

蓝色牧歌
LAN SE MU GE

一、玄语

字里残荷映水，眸中秋意渐生。

鹧鸪天·一竿悠然

夜色如水窗外溢，

淡月湿透画中衣。

静观隔岸繁华处，

年年春色影自碧，

桃花赋，易安词，

千寻古渡游若离。

钓得尘烟成闲趣，

一竿悠然眠柳笛。

2017年5月6日

镜寻

大化之光

汤汤之水

九万里鹏举常思图南

洪荒里的种子循着四野风的轨迹

从千年前的碑文里走来

敛去了媚与轻浮的温度

镜寻今生的自己

那遥远的原乡

空明的镜

照我依然闪亮的眸

与薄如纸片的身躯

时光的迁徙者啊

举着岁月的票根埋葬着漂泊的脚印

纵深是沉默年轮的刻度

听见影落拔节的响声

一缕沉香划破寂静

微尘里的一束光

默守着最初的孤傲

把春天的种子埋下

2017年12月19日

石头记

命里的风景要熬透，斑驳

才会显示出一种从容

置于光阴的一角

寻找每一次涅槃之时

那熟悉的声音

晶透的眼睛，天地的生灵

剥蚀了面容

刻下对人世

深深浅浅的阐释

穿透记忆的光线

一段时光的遗址

目遇中前额烙下

前世的火印

显映层层叠叠的影

一条无声无息的河在流淌

沧溟淼淼，回眸处

沉落的遗忘

于静寂中悠然明亮

2018 年 2 月 14 日

母语唤归

阳光、春风、雨水

枝头传来初婴的哭声

最初的柔怀

始终以谦卑的姿态

包容着山山水水

来时路与归之路的那缕发髻连着故土

故土环着炊烟

花草的抒情总是忘记了

每日足履大地的慈悲

及深深根系传奇的大地

集体奔走的蚁群被母语唤归

找寻心底的秘径

滋养灵魂的脐带的干系

做回娘亲温暖子宫里娇溺的儿归

2018 年 3 月 21 日晚

听得琵琶语

欲语琵琶弦上说

叠声问句儿根索

何时方得月儿明

半倚帘栊西南落

指尖行云巫山梦

照水花枝拈一朵

拨断沥沥泉鸣涧

落红丁丁秋江默

大弦声迟小弦促

荡水秋月影如啄

莺尾掠水东复西

山水清音意著著

2018年10月12日意懒

胡归

"式微,式微,胡不归?"

我动用了所有的迷念

来颠覆此时的清醒

大器晚成的雨不停拍窗嘶鸣

虚静中我们无言以对
恍如隔世

我在自己熟悉的节奏里
赤脚而行而无惊
危险的仄缝里
胡归年少的我纵身一湾夜白
不停重复着声势浩大的记忆
我再一次与我遇合

高歌、梦语、攀登
体会着云视苍穹的羽下的风
空灵的梦里挥霍
剑指冷冷的错
任青丝从弹断的琴弦上滑落融雪

把自己腾空
慢慢长大
看书、写字、走路、冥想
从一座山到另一座山
从一条路到另一条路
川流不息

梦着梦　梦着自己

捧读一本书

陪书中的我泪流

走一个世界

陪世界中的我乐游

2018年11月16日晚增改

无题

山抹闲云无墨画，

林问疏雨有声诗。

随意风送鸟远客，

野旷天低惬意词。

2019年9月15日晨

西江月·那年那韵

（一）

字里残荷映水，眸中秋意渐生。

岸上柳丝小弦筝，风过何须相问。

荼蘼花事眷眷，却已入骨三分。

抒怀旧事对芳樽，忆起那年那韵。

（二）

我有薄酒一杯，与谁把盏经年。

琴音画里字里眠，总有一颗初见。

倩影小窗醉月，相顾无言缱绻。

不觉对饮三更半，最美昙花一现。

（三）

水画浮云舒展，风摇花影逍遥。

小菊东篱正妖娆，一朵倾心同好。

心中自在日月，晨钟暮鼓缭绕。

百转千回路迢迢，眉生岚烟天高。

2019年9月18日晨

临江仙·无题

细风长琴绪意浓，秋意自漫前庭。浅草马蹄暮云轻。随心舒卷，何事问阴晴。夜色渐浓人倦怠，暖灯一卷清音。红尘梦里几时醒。素笺轻展，无语韵不成。

2019年9月19日晨安

西江月·无题

清风长笛西窗，一格旧律如愁。时光笺上韵无收，琴音依约层楼。

且与契合凭栏，好梦偏偏难酬。云里雾里故人眸，恰月光一壶秋。

2019 年 9 月 20 日晨安

无题

待字销魂花骨，迎霜和风含羞。斜阳染醉，窗外秋瘦。举头共月潇湘，清芬漫沙洲。诉琴柳，渡岸舟，怕日归暮，再登燕子楼。浪淘沙，天际流，萧索繁华，不休，一分醒，三分醉，管他何日又春秋！

2019 年 11 月 10 日晨安

珍珠令·踏秋

小径行人三五少。曲音杳。拾秋绪枫叶红了。天高云渺渺，风吹枝上箫。野溪秋事谁人扫？且留与，问君知晓。他山花正香，痴心菊妖。

2020 年 11 月 6 日晨地铁上

西江月·无题

昨日随风入梦，袅袅化作梅青。倚案半嗅半假瞑，苦墨淡茶呼应。

回眸流光身影，轻尘忆里风情。述弦幽幽唤芳卿，深浅格窗静静。

2020 年 11 月 13 日晨地铁上

无题

轻寒剪取巫山云，
素心裁作胭脂雪。
飞花染墨半山池，
入得人间第几帖。

2020 年 11 月 28 日晨

渔歌子·三首

（一）

争艳枝上各殷勤，谁是花下抱袖人。
夕照里，暖三分，二分愁根一分春。

（二）

千顷蒹葭芦花雪，寄词南浦旧诗喋。
东风意，春半阕，短笛飞过梅花阶。

（三）

江浔水岸屋数间，轻舟收尽一溪山。
远歌起，且清欢，邀风对坐可品禅。

2021 年 1 月 19 日晨

辑三 色淡亦浓寻幽处

蓝色牧歌
LAN SE MU GE

玄耕句读

蓝色牧歌
LAN SE MU GE

二、耕阅

渔歌舟暮归吟晚,悠悠牧笛踏炊烟。羁客催,鹧鸪天。往事似昨心在弦。

遇见梵高

从人群中抽离
我等在麦浪里
看时间一层层翻滚
激情割锯死去的耳朵
叫醒一朵向阳的脸庞
对着没有风雨的时空

丢弃的种子长出梦境
看阳光与土地干净的暧昧
梦与非梦在田野里铺排晕染
光影拓在土地上疯长
声音从影子里撤退

唯有时间方能征服时间

从一个意识流域

扩散蔓延进另一意识领域

再次占领时间的刻度

灵魂的跳动

燃烧的火焰

危机压抑下的生命感

那里栖息着一个世界的回忆

谁才是麦田真正的守望者

2017 年 12 月 15 日晨

温暖母语

拓荒文字，思之高原。

花开朵朵，三月微绽。

奔涌豪情，纵横千年。

以梦为马，醉了诗笺。

你在江头，我在江边。

君在江尾，千帆溯源。

驰骋阡陌，百家争艳。

象形会意，意韵悠远。

横竖方正，构筑家园。

风雅颂赋，奋蹄扬鞭。

长词短句，憧憬无限。

温暖母语，息息相关。

生生不息，字字盎然。

2018 年 3 月 22 日晚

寻古溯源

五千年的丛林里

横竖撇捺盘根错节

溯源上古结绳记事

仓颉作书而天雨粟哭

铺开黄麻一片广袤

可以坐化成佛

添翼为鹰

静静地沉睡斑驳的身躯

黄土里抽象成符号

捍卫千年足迹的文明

消逝的是过去

火种却在传递

霉黑竹简

龟裂甲骨

发干石板

锈蚀器鼎

蔡伦与毕昇

点化日月星云

砚墨着历史的厚重

每一个字词活出了尊严

大水的狂草

山峰的魏碑

清亮的月白背后

都有不为人知的箭伤

在流水和山歌里捉笔发酵

在大地胸膛上刻下千古绝唱

醉了的墨香以饮

把自己趔趄成一个大写的汉字踉跄前行

万物浴火而息息为生

2018 年 4 月 27 日晚

书

竹简、石刻、锦书、纸箔

撇捺春秋

书写你我

竹吹杏花春雨

毫扬尘土大漠

甲骨的波涛汹涌穿过小篆的扑朔

仓颉愧书

鬼哭雨粟

书之沧桑

囚之狱隶

一腔热血风云泼

兰亭序千古摹

欧颜褚柳苏东坡

砚洗日月白

墨亮千年阔

塞北江南曲

澄江对碧波

天公蘸雨书狂草

顶天立地雷电脱

无星之夜拍栏杆

块垒留香深巷陌

踉跄而行迎风歌

灼石化作读字火

拟字足音寻梦去

一步一刻楔入墨

2018 年 4 月 29 日晚

无题

晓风岸，落拓春秋，初弦，又一叹。糊涂一笑，浅如笺，何处鹧鸪唤。一握腰肢，白发添，却三分懵懂，情由痴憨，恁个岁月，绕指流年。笔下英雄，画中雁，镜里秋容，一庭叶乱，管它朝夕深浅。三杯两盏，一章半，咿呀是非，汀洲几盟鸳，转头怨。谁是山河常驻客，日升月落水边。芦花雪，腕底砚，梅花小楷，丹青无厌，阆里光阴，酩酊句，醉意轻弦……

2019 年 12 月 18 日晨

无题

心暖日日晴，摇月微澜，阒窗卿影，又一岁，雁思成排，鸾笺小字和水云。迢迢光阴，东君近，重逢弹毫对饮。几叠渔歌，几梦寻。浪淘沙，归蹄径，一枝独吟，婉约犹添疏狂琴。雪未拓，滴漏月锦，清嘉赋，点语心神，平仄如梦令殷勤。醉花阴，欸乃曲一首，更漏子声声。案烛挑花，叠印，九九未寒，却似沁园春。鹧鸪天，踏莎行，玉杯酌，字如锦，泼墨桃源忆故人，任丹青。水调歌头，一丛花影，昼夜乐，小重山行，西楼月依依，调笑令。

2019 年 12 月 23 日晨，冬至过数九始，词牌趣串烧

无题

天高淡，云香散，一捧春秋卷。字如焰，墨呈欢，几阕神州撰。碧水鹤，漫笼烟，巧迎文中仙。锦瑟弦，玲珑笺，青史遇圣贤。吟哦古今，流水高山，千盅梅雪醉，一盏天涯烛短。墨客逍遥，琼瑶林翰。庄骚，清风在笔端。屈原九歌问天。建安风骨，最刚健。五柳醉菊，东篱边。竹林之勇，尤七贤。唐风宋雨，汇成川。袅袅如烟，字千千。叠印青山，似拓，泗泗染染，韵拨弦，来去，眉尖。

2019 年 12 月 25 日晨安

浣溪沙

檀郎

待雪檐下有梅香，描摹数枝春模样。点点毫情韵流长。
盈握身姿喜簪眉，动情笺里君无恙。浮生暖梦问檀郎。

妙笔

轻染黛色点眉皎，指上流云成雅调。阆阆小字赋琼瑶。
守得清风一缕闲，无憾此生诉檀毫。渐行渐生渐妖娆。

生花

飒爽檀郎皓腕舞，借得冰清画玉骨。淡墨轻描吟七步。
叱咤诗情呈醉酣，不问字醺又四五。毫尖墨聚无尘俗。

风起

腕底水墨飘雪起，檀毫殷勤点梅诗。写意画苑冷暖知。

清嘉兰轩笔下著，素笺却忆当年字。阒阒丹青竟成痴。

香盈

倚案弄砚和梅令，盈香画中伴新茗。字里成阕醉光阴。

点上丹朱描红豆，莫负良辰与诗景。共月一世著清名。

2019年12月27日晨

渔歌子·无题

（一）

寒露凝花霜叩风，素心锁景姿迷蒙。

谁人画，赛花红，执笔寥寥落惊鸿。

（二）

渔歌舟暮归吟晚，悠悠牧笛踏炊烟。

羁客催，鹧鸪天，往事似昨心在弦。

（三）

平仄闲赋月谁凭，晚林寒鸦意懒行。

花惊落，夜三更，摇红烛暖听弦音。

2019年12月30日晨

菩萨蛮

（一）

秋池残荷又秋落，秋光却把秋弹破。

弦外诉何人，捧曲着心听。

闲词赋清茶，煮字温不温。

雁书今未寄，从此一梦深。

（二）

秋篱横卧秋窗下，秋藤爬上秋千架。

秋景日日新，秋凉时时深。

槛夜每回首，冷月小弦筝。

问卿今何在，纸上遍遍吟。

2020 年 9 月 4 日晨

南歌子·清风

一曲玲珑豆，顾影照水中。

几点悠然几点红。琴心不与尘世、嫁清风。

婉转庄周蝶，歌飞醉人瞳。

来去梦柯又西东。辗转韵成他山、几丛丛。

2021 年 1 月 25 日晨

玄耕句读

三、拓句

庄生误作九月蝶，不知是否关风月。飞纱远山问秋深，芦花雪。

收藏岁月

镂空的时光
在光影里滋生美学
收藏岁月
在书的扉页上显印

梨花未开
天为瓷青
长长的影子里
沉落光阴的尘屑
却扶不住晃动的历史灯影

洞穿木质纹理
被浆洗过的日子退进荒芜
每日打扫的庭院也积了灰尘
还有河边摇橹的吱呀声也时有时无

喧嚣被一茬一茬收割

日子被一集一集装帧

精制为一粒一粒的珠串

在清晨、黄昏、风起时

听环佩叮叮

只有那青石板的寂静

苍凉的刻痕

还在见证着时间的走向

摄几张泛黄的相片

抠出几个记忆里浮浮沉沉的

人影

2018 年 1 月 14 日

无题二首

（一）

步韵裁新句，

风凉吹又散。

煮字待可温，

隔行轻轻唤。

短词长意深，

频频两相探。

落笔般般思,

解语如花绽。

　（二）

半卷珠帘秋野枯,

摇风几枝芰荷骨。

无端锦瑟自浅笑,

诉极清波且提壶。

那壁黄昏影一盏,

旧事新月淡茶煮。

随步漫逐几回槛,

去来醒醉有若无。

2020 年 11 月 16 日

呓语

黄昏的虚影

隐入时光的荒芜

奔突

我从另一个季节赶来

一段月光下的文字

攀枝附墙妖娆成一首唐诗

与墙角的花儿呢喃低语

花香里的墨色

墨香里的丽姿

花儿开着我

我写着字

风掐了花儿的命脉

有花瓣样的东西

簌簌从我身上凋落

采一缕月光

种在心的旷野上

等待诗句旖旎生枝

2018 年 1 月 21 日晚

梅放

一枝瘦红

在枝头

招魂

谁的暗香燃起

尘归之前的日子

用火焰记下心里的字

2018 年 1 月 25 日

雨不下来的黄昏

炊烟暖不透初冬的凉

将雨不雨的等待

把语言的残骸扔到窗外

一萤烛豆划破黄昏

渗出黑色汁液

慢慢地在黄昏里倾泻

我刚好从一个苍白的白日而来

突然就爱上了这个"残破"的黄昏

踏入无人秘径

品尝这一刻的幽静

花事灿烂一直是人所向往

青萝拂衣却最能品味独处之美

在一盏茶的时间里

放逐自己与记忆里的生命对谈

或者,只留一片空白咀嚼回味

无喜无悲,只这一刻与自己对坐

2017 年 11 月 14 日傍晚

不夜的黄昏

临暮的黄昏

弹了我一脸的夕阳余晖

扯一片柔云擦拭

不想却带出了淡淡的月痕

微笑着看流动的景

光影的拉近流离

踽行于人流中的宁静

慎独于繁华中的简单

一瞬也可以是永恒

无目的地绳结而行

捡拾浮光掠影

片毛只鳞

把自己还给时光贮存

这样便不会发霉虫蠹

我便可以永远年轻

2017 年 11 月 27 日黄昏

五月末

一棹夏风扯开雨帘

犹如子规叩响谷物之钟磬

三千里的域疆

有群山蜿蜒

善水游鸣

放牧的眸子停飞翎羽墨色湖山

沧浪千载载起起伏的帆影

落花归冢

暮云伏碣

覆锁岩扉的苍苔与草丛

交换着时光的谜语

半荒的梦如浮萍

谁的青丝间失落了童音

走失的燕子在粼粼洄波里寻着乡音

一缕穿过原野的清明

洞烛思想深处的幽暗

豁然开启的门

静享空荡荡的大风

绵绵的雨水冲洗着失血的大地

一个水袖抖落了销魂的霾尘

我在落红里幽蓝着

沐着百亩阳光

听啼亮天空的鸟鸣

一粒种子的破裂

骨骼拔节的嘎嘎声

鼓荡着耳膜

那是力之源

看草木与直立有骨的文字

一起揭竿起义

标注一场绿色主题的革命

沏一壶新茶再加一味自己

泼洒进六月的大地

我用另一种沉默

缝补五月远去的背影

2018年5月25日晚

冬雨

雨，雨。

轻飘，低语。

结西风，凝弦续。

如来又来，再弹一曲。

弹破东坡影，洇湿画桥衢。

一壶旧日光阴，吟成白雪心素。

临镜初试梅花妆，瓶插一支解花语。

2018 年 12 月 12 日晨

秋分

文字渐冷，呵气成菊。丹桂滴露，晕染又一季的夜长梦多。

（一）秋叶

光阴着笔调色，涂抹绿叶成酡。

风利有刃，强行剥落昨日的欢笑，今日一地萧瑟。

（二）秋水

屋檐下的柔弱一滴，絮语顽石抒情，不期然，石破天惊。

（三）秋月

望月成愁，落叶成冢。

一枚岁月新添的坟茔，焐热了风霜。

（四）秋日

仰望苍穹，日月交替，两尾游弋的鱼，等谁垂钓？

白驹回不去的王朝，拉长了枯林的瘦影。

2019 年 9 月 30 日晨安

葵

最是园中傲风客，
天真仰面追光寻。
但取温暖随缘逝，
无语向阳笑里存。

2019 年 12 月 20 日晨安

待雪梅，冬至到

雪来梅发数枝春，
翅语飞白写意成。
点点喜悦眉上簪，
笔雕香杳醉入尘。

2019 年 12 月 22 日晨安

山花子·无题

庄生误作九月蝶，不知是否关风月。飞纱远山问秋深，芦花雪。

小字拈诗同花笑，万里心舟与君阅。入归尘里多少事，未敢绝。

2020 年 9 月 13 日晨，窗外翻飞的不知是蝶还是落叶

无题

梨花白柳絮妆，眉间心上，水墨丹青，玉蝶扑梅香，瘦字平仄意，冻笔又几行。素心可犁春，词短情更长，咿呀窗前唤檀郎，三朵归尘，三朵入阕章。

2020 年 12 月 14 日晨记初雪

画堂春·雪

絮絮轻羽小梅腮，笔尖点点梨白。催春消息劲风裁，蝶翅英台。

纸上窗前频开，冷砚飞鸿自在。不禅尘心随梦来，染我雪白。

2020 年 12 月 30 日雪

南乡子·雪融

霜白凝烟岚，几点梨花几树残。桥边阶下留雪影，阑珊。冷冷枝疏静水闲。凭步上高栏，欲把浮云比作禅。怎奈晚风拂又乱，萧然。一样天涯两般看。

2021 年 1 月 2 日晨醒

玄耕句读

蓝色牧歌
LAN SE MU GE

辑三　色淡亦浓寻幽处

蓝色牧歌
LAN SE MU GE

四、了悟

宣纸空山，檀郎寻字踏阒痴。三两清风，笺中他山梅发迟。

无题

山水一遇影思崖，
梅下弦音有禅花。
昨日素笺惊鸿落，
今日枝上风催马。

2020年1月6日晨安

暮春禅

空谷听花落，幽人应来眠。
闲有落眉风，浅问暮春禅。

2017年4月28日

风如弦音

希望在冬的隘口萌动

枯萎的枝头在贮存瓷青

风如弦音

拂了一遍又一遍落尘

那些经年

那些影踪

从繁花似锦到繁华落尽

走了一程又一程路径

轮番上映

2017 年 12 月 21 日

雪至

梦里翘盼春来早，

雪在枝头颔首笑。

飞花引路又一曲，

明日春色更妖娆。

2018 年 1 月 26 日

立春

一枝东风梅带雪，

瓷青渐浓春不觉。

覆被芽苞畏春寒，

待与紫燕题一阕。

育得梨蕊梦里白,

落了谁家融融月。

眠族初醒惺忪眼,

偷试春装檐下阶。

2018 年 2 月 4 日立春

梦

不理会时间

把世界放一边

夜色凝固了一块宁静

把此夜的梦境框定

思路渐模糊

晕进一滩浅岸

黑夜的眼睛在想象里繁殖故事

启动各式各样的人生

剧排着各种场景

四时景色轮现

枯枝残叶落花

是一段枯萎的青春

还是遗失的记忆

不再逼问

许多都是无法解答的人生玄机

各自经历各自感悟

2017年12月3日晨

清明祭思

追思的海在石碑上引渡

回归的泪浩渺成波

迁徙者用票根埋葬了自己

尘土下繁茂的根系

窖藏着整个家族的烟火

生死传奇

先人以种子的方式

一粒粒卑微落土

伤口在黄土里结痂

思念成禾

隆起一丘玄机

几束光焰点燃

有玫瑰的芽从墓草里探头

带着父姓的骄傲

母屋的温柔

对着天空把祭思的字焚透

2018 年 4 月 5 日晨

无题

宣纸空山，檀郎寻字踏阕痴。三两清风，笺中他山梅发迟。两袖日月，千古兰亭淡墨知。一笔流丹，书成枕香梦中诗。弦上音，茶中匙，醉中轻吟又半世，墨引丹花倾笔肆。明眸佳人，瑾瑜思，浅斟慢酌，毫底风雅，相逢山水鸳鸯字。白头吟，横竖织，千阕描来锦绣词，管他日出日又迟。且临瀚海听浪涛，思立高枝，堆玉芝兰室。尺素盈九州，调寄春秋，曲水尽流觞，古今写意。雁行南北阵阵，千行字，如去如来倏倏，眉下思。卷舒自在韵催马，浓淡涂抹任笔驰。

2020 年 1 月 2 日晨

如是之韵

神与韵的虚空中空出了我

神游日月山水草木的色彩中

有疼痛遗落

昨日的诗词淋漓融入清风

光线穿透书卷

我抱花私奔与远处的闲音合韵

裸走的美激荡起初生的欲望

掩映所有的是是非非以自焚

自守的心字高歌

古意吐艳低眉

轰鸣着内质物色

暴走于发黄的书页

以傲然之姿

积怨已久的故事悬崖毙命

入逝空无琉璃

有光晰透求是的人

灿烂涸晕

带着流动的荒村与空城

心隅的瓦砾

投身于一幅画

体内野火的燃情放血

一次次亮丽

一次次剜心

此时非此

此我非我

无界春秋低吟、凝神

2020年1月4日晨

青花瓷

素墨笔影里恬谧的傲岸

沉寂光阴勾勒深浅色阶

尘起尘落

谁的嗜欲失去了纵深

浓稠的色调扶起几枝花影缠绵

干冷的风吹破荻芦缔结的静深

极目静伏残碍上读透沧浪

却载不动尘烟

两只负伤的眸子划破梦境

千年的云霭里显影

涅槃重生

嘈嘈切切的花之声焰

被晕涂契入器物

析出新的谜面

釉色的暮歌拂过瓷肌

瓷裂不知来自哪一次温柔执念的触碰

神秘的视觉记忆复苏

旧相识化了新妆的如约

线条的复活

光影的重组

共鸣中吸纳回声

复归完整

生命皈依青花

方知光阴的洁癖

声色留白处

是否通明觉醒

2020 年 1 月 19 日晨

辑四

我行我歌皆可期

玄耕句读

蓝色牧歌
LAN SE MU GE

一、且行

山似璇玑百般绕,水如回文顺逆读。闲云出岫水掬月,飞瀑泻玉一轴书。

站台

流离的光影
熙攘的人群
被造化虚构
而成真

我在荒域的时空行走
远路被列车的嘶鸣碾断
曾经的两岸清风杨柳
已被岁月的白纸收留

偶尔的目遇
已如前世今生
穿梭的脚印
练习着平衡

2017年12月6日于上海

山水之间

山似璇玑百般绕,
水如回文顺逆读。
闲云出岫水掬月,
飞瀑泻玉一轴书。
山泉引道菊隐士,
手试冰心悟语壶。
风扬阔袖鹄展翅,
柳摆莲步阡陌舞。
萤照山径蜿蜒迹,
林深足音声声孤。
敬亭山头观波澜,
蝉静凝默胜万呼。

2018年3月8日

梦江南

在一幅水墨画里想你,挥毫间思念或浓或淡显影,风,不忍惊醒梦语,念,在一杯清茗中被反复酝酿。披一袭晓风残月,挂一杖高山水长,让文字越过山岗,在不曾遗忘的世界里,娇养成一朵花自带冷香。

今日我是风雨故人，此生他生？你等还是我等？恍若人间不人烟，失足指尖绝尘恋。一抹自然一抹白，更漏未响犹未散。高山流水，你是哪一位？亭台楼阁，你住在哪里？听，古琴声声，青衣拾级而上，古道的油纸伞摇晃，路由此而绵长，只为一首新词填绿，路口伏笔着谁的目光？绵曲的石板路，有跫音弹奏弦响。

　　山连着山，水连着水，尘落定，楼依旧，沉寂的一帧古册，用婉约形容江南，也用明媚表达忧伤，石头绽了几朵粉红笑意，土地沐着杏花雨，长出几句诗行。画楼雕窗，人影晃，歌声似泼了一地月光。恨我不识江南柳如是，晚生了三百年，只梦一场……

2018年4月5日晚于江南民宿

初遇千岛湖

落云成岛，流云成湖

水如琴音穿线缝缀破了的云层

旖旎随喜，无始无终

任月色老去

任花儿凋零

辗转后方能春江花月看清

岁月的酒杯才可历久香醇

风霜中侵了又侵

锋刃上挺了又挺

终于睫挂一马平川

指绕一柔流水落花

眸中生景如春

掌内条条脉络云伸

走一坡人烟缈缈

住浣花溪桥深深

日光炎炎，果香累信

夜色湿衣，月白风清

满坡的岁月，笼林幽静

一湾静湖，看惯了风雨

不过是一纸山河

读懂了山水

乃一川人间春秋

心安一隅，人安一世

能弹破东风的是日月弦琴

也终能弹开额前的锁眉

弹出光阴的老茧

遇就好好地相遇

走就走出山高水长

让心自静喜

见与不见的人、事

于一湖幽冥中荡开

再在一壶茶里

一袭雨里、一瀑月里、一巷影里

踏莎而行

2018 年 6 月 30 日晚

雨中游湖

衣上起风，两耳水声，眸中有云，心内潮涌。古风袭来，光阴散开，尘世不尘，人事不事。时间就此老去，便是最美的归宿。我是穿行于画中的一片云，我是即读诗章中的一个句点，我是江南绣品中的一枚针脚，我是湖中站立的一个感叹号！

我是时间的旅人。走一程山走一程水，好好相遇一场，一如山水映天，我入湖影，草木入心，忽忆旧人旧事旧念契阔，已是一半岚烟，一半雨声。时间无岸，流年似水，山沐烟雨冠清岚，一派漫不经心写意气象。一轴水墨谁画成，一团云影半山风。恍若隔世的语境，读透要准备一生的光阴。

2018 年 7 月 1 日午后游湖，半阴半晴

玄耕句读

蓝色牧歌
LAN SE MU GE

无我中遇我，宛如初见

烟雨水袖掩尘烟，掩了云鬓花颜，掩了烟柳画桥，掩了曲径阑干，只留有绰绰约约的素衣淡妆，不嗔不怨。声声慢行，清风三叠，带着宿命的微笑邀约，穿过浮浮沉沉去遇合心神之清凉。我喜欢这样的旅程，无盟无约地走近，无我中遇我，宛如初见，宛如风清会意云白，离去时与心内便留下种子再续峰岚湖静了……

行走江南

行走江南，无数次来去，出逃光阴，在江南的某一章节里，走一曲径，遇一柴门，寻一小桥，听一水声，深深古巷里，退回到深深，深之我在，仿佛岁月在另一个地方老去，与己无关。

只管静依雕窗，研磨旧时光，随心而画，即便突兀即便格格不入又何妨，大开的门在等"嘚嘚嘚"的马蹄声，等一朵别在衣襟上的花香，等一句老戏唱词中的旧亭台，等风雨夜归人的倦意如归，等一粒草种落入诗行。

足音点墨，眸光流彩。不言，古风尽知人意，吹开一坡自在花。每个人心底都有一处心安之地去邂逅自己，走的是光阴叠落的小镇，看的是心裁的一袖水乡。任月半开窗，风来微凉，伊人宛在，旧事一巷，积云成雨，迤逦绵长，水落入水里，风陷落风上。

一字一画生香，墨写旧了时光，没有到达的到达，没有完成的完成，让远方依然在远的方向……

2018 年 7 月 5 日晨

再遇乌镇

挤过拥挤的道

推开厚重的门

在时光逼仄的罅隙

一条长长的街把我拉回梦境

我沿着唐人诗篇的韵脚

去听吱嘎的摇橹声

去看迷蒙的月色

去行羁旅悲愁的古渡口

去叩被深院故事染绿的门环

穿行于一支瘦笔勾画的水墨江南

出尘入世刹那间

吴越的阴谋斑驳了枕水的黛瓦白墙

一曲哀响羸弱着千年的乌篷船

嗒嗒的跫音在青石板上留下烙印

尘世的繁华被烟雨洗白

一首站立的诗词

临水凝望

长街短巷是穿行于诗行里的思路

络绎的游人却如水中的鱼来鱼往

一曲曲江南水乡的渔歌飞扬

借半匹青花鸟声去亭前等风

风带来月色浇衣

细听久远的水声、橹声、歌声

都在布衣上流着

鱼影、人影、花影都在心上画着

不知今昔如陷落一本触心的书里

开合间都已墨染

乌镇，承载着过去现在

吸引着万千漂泊的魂

寻源寻根

2018 年 10 月 4 日晨

夜宿西湖

　　寻钱塘遗梦，一池云雾，苏小咳血，水碧花红，痛昔今抚。柳岸长堤，断桥残雪，千年情愫。雷峰夕照，缠绵传说，佛光情爱秋月平湖。携西子，夜夜波光，涤六桥蒙蒙，吴音画里，了了未了处。南屏晚钟，人去去，独守，心上醒红烛。激昂文字，剑气

虹，忠英岳武。品龙井，听昆曲，疑旧梦临安歌舞。山外青山，楼外楼，桂花影里，绘秋图。

2018 年 10 月 5 日晨

满江红·无题

遍踏名园，才拾得、姑苏几页。只道是、唐宋江南，流芳岁月。小桥流水依旧在，绵绵古巷遇老街。城外寺、钟声夜半晚，填一阕。

范公去，沧浪歇。西施泪，胥门血。看三家太守，诗盛时杰。多少佳作皆入画，千古风骚退思阅。倩吴侬、软语尽丝竹，为吾悦。

2019 年 7 月 17 日晨

忆江南·西塘忆

（一）

西塘忆，最忆是长廊。千盏灯笼挑古色，八方舟楫酒巷香。依水看斜阳。

（二）

西塘忆，其次弄堂中。飞花斜影青石巷，跫音轻踏阁楼风。回首雨蒙蒙。

（三）

西塘忆，再次酒旗风。水色波光影重重，楼台庭榭小乌篷。何处不相逢。

2019 年 7 月 31 日

月泊南湖

落梦沉湖
捧出故乡的月
满地的月光怎么走也走不完
荷花望月打坐
日日修为着叠影湖面的经卷

玄耕句读

蓝色牧歌
LAN SE MU GE

荷花望月打坐

时光风尘把隐约的云影化成水墨

这千年的一泓弥合着离人心上秋

心思一卷一弦夜色

游人如归

痴意江南一夜成荫

撑起心里不落的半弯月

即便是薄雪天涯也能津渡出这永不褪色的月色

千里万里的泊

永绣着在水一方的旧事佳人

拈花烟雨诗意四起

游走于云天与水泊的回廊已定格进记忆

今夜仿若有人从歌吟照壁的老宅中手捧诗书吟月

又走了一回世外锦绣

半生流风独饮

尘袍遗世

2019 年 8 月 25 日晨

鹧鸪天·登黄山玉屏峰

晨光渐收早雾浓。玉屏绰绰浮瀛蓬。白象伏看好汉涧,遥指云烟隐乱峰。

尘世远,太虚通。一池仙境迎客松。禅心一点谁开悟,石笋巍巍不语中。

2019年8月26日晨记

行走

禅声似水

就这么一路荡过去

平铺直叙

船头跳跃着晶莹的韵脚

触碰着心弦

爆裂的天气加温

却把秋歌拉高了调门

轻念造亭

迎风跌碎旧音

轮回于昼夜

叠影秋魂

踏歌而行吧

光亮的字词

蓝色的足印

是非过往呼啸

流空静深

我在水面上找寻自己的倒影

激流点墨岁月

旁敲侧击着秋之佚事

自在的都是风景

跳动着思想的哲学

划过

行云流水的明亮与旷达

把自己打开，缓冲的留白

则是我推敲了半坡的词句

呼吸着穿透季节

待一行秋鹭飞起远行

2020年8月18日晨

玄耕句读

蓝色牧歌
LAN SE MU GE

二、且歌

墨笔丹青，写尽婵娟。我琴我歌，一羽南山。

广陵绝响

《广陵散》，古琴曲，叙述聂政刺韩相的故事，分为小序、大序、正声、乱声、后序五段。"竹林七贤"之一的嵇康，于洛西华阳亭得此琴谱唯一真传。司马氏篡魏，嵇康隐居山林，采药打铁，诗文自娱，拒不应诏入仕，终致被杀。当时太学生三千人请求赦免嵇康，愿以康为师而不许，嵇康临终前弹奏此曲，从容赴死，成为绝响。

命若弦弦虚无紧，
尽撩拨竹林风影。
木屐轻踏山河落，
奇崛音韵故国惊。
月落千水成惊鸿，
竹瘦一节有神韵。
赤足散发狂歌去，
一片诗酒浇魏晋。

似弦之玄绿蝶舞,
入世出世铁骨铮。
三千弟子掩面泣,
却闻广陵断弦声。
刀光剑影难两全,
鹤仙一曲皆散尽。
百痛不及人已去,
销形匿迹于丹青。
血染桃溪绯红色,
唯见断弦守清明。
山林谁将显侠义,
喋血骄阳又酩酊。

2018年3月11日

无题

平仄声里说风雅,
会意相形竖撇捺。
华夏五千上古谣,
惊蛰春分有犁铧。
阡陌纵横追溯源,
日月星云山河沙。
引汉之语振翅来,

伊立南枝君栖桠。

2018年1月2日晨

无题

月下推门

题序亭阑

梦里扁舟

香雾云鬟

几许娇羞

起舞河山

墨笔丹青

写尽婵娟

我琴我歌

一羽南山

伊人如梦

弱水三千

字字珠玑

千古有伴

蒹葭烟雨

雎鸠成幻

晓月如钩

翘首以盼

秋水客船
渡我河川
斯时繁华
皈依成禅
千年凝目
鹊桥飞仙
柔情似水
佳期有岸
十里桃花
梁上紫燕
春日韶阳
岁岁相见

2018 年 2 月 20 日

思之源来

漠上打马
天涯走风
岁月沉淀
瓷青渐浓
剑翼如驰
云视苍穹
江河起落

川流似虹
复苏之羽

三两桃花
两袖唐宋
引歌向东
思之源来
水流淙淙
五里明月
四重秋哝
三两桃花
两袖唐宋
一支云箭
半坡醉梦
弦弦袅袅
来去浮蓬
亦静亦动
拓为止鸿

2018年2月1日

辑四　我行我歌皆可期

玄耕句读

蓝色牧歌
LAN SE MU GE

秋水伊人

五千年，秋水岸。
托物兴，风雅叹。
国风袭，惊鸿艳。
诗幺女，血脉连。
水之湄，橹不断。
蒹葭老，心少年。
水中坻，坐成山。
相望久，平仄叹。
水中沚，宛江南。
一袭袖，挥断山。
相思字，羽翼满。
涉水来，香江畔。
清瘦语，菊呢喃。
非非词，溪潺潺。
上古谣，楚辞漫。
汉唐风，宋元淡。
横撇捺，书香散。
田园梦，铺满笺。
经史集，如伊颜。
行云处，秋水盼。

2020年9月11日晨

无题

横塘碧纱

柳堤胡笳

花前蝶语

两悦无瑕

明月盈香

玉笛仙葩

朵朵芙蓉

十里落霞

常忆菡萏

常伴蒹葭

流年一梦

彼岸观花

素手轻弹

彩蝶恋花

弦知吾意

恋情谁家

伊人宛在

一梦天涯

2019 年 7 月 6 日晨

辑四　我行我歌皆可期

蓝色牧歌
LAN SE MU GE

三、轻觉

明月了了盏尽前尘雪，一杯谷雨沉浮煮云闲。时光微茫看落红尽染，一袖水乡裁青花点点。

思梅些些

檐壁霜月和灯豆，影印凭窗瘦。思梅些些来对酒，灵犀不透，虽咫尺若天涯，南歌怎和北胡笳，书循无路大雪候。枉附了人间绝唱，空让韶华老去，苍苍蒹葭白了头。

最是群芳妒，了了暗香，纨素不沾尘，何日随风到小楼？点点泣血，独抱孤洁，若解相思，早发一枝，三生有约，雁飞云信，香雪相伴，夜如昼。

2017 年 12 月 8 日晨古风新意

十二月

空气的冷
能凝出梅花
故土冻裂
蜷曲的人被埋进生活

是否抱着旧事取暖过冬

有影子在光阴中晃动

消逝

乌有

哀悼时间的流离与莫测

不动声色间

把旧灵魂慢慢肢解

一叠思想的灰烬葬着自己

光从文字中落了下来

已化成了一个荒废的城池

空空的词语闹不了情绪

残留的瓦砾

还能触摸到曾经的广度与深度

从阳光中

搓揉出一些恋情

焐暖已冰冷的崖壁

时间的还魂曲

又来纠缠守岁般的冥思

那些恬静寡淡的押注

注解出闲情逸趣

规整成古意中的平仄

勾描出一轮古月以慰藉纸上的呼吸

用青春的回音

恬淡中把旧年
撞出另一个人间
试图在苍凉之上美艳时光
卒读山水
高香尘埃
镜透百相

2018 年 12 月 16 日晨

梨花白

桃红柳绿愈演愈烈
谁能阻止一棵开花的树
杜鹃啼血
艳红祭奠一场黑发的花事荼蘼
不觉两鬓渐梨花铺雪

一缕青白
点点忧伤
扬帆的时光
谁的额上不激起圈圈涟漪

踏青的人生之旅谁又能避开发如梨花雪
绽放与消逝正是姹紫嫣红的一缕白

2018 年 3 月 26 日晨

长风袭月

时间之花，幻灭沙砾。大地巨钟轰鸣，无声无息。一场灵之更雨，覆空之润滴。丝丝扣扣，弹奏我你。山以山静，水以水止。风来月出，月色浇衣。

细听窸窣碎影里的泉声、山鸣，一清风一明月，便是一个人幽怜自持的山水佳期。我仿佛嗅到了大海的气息，像苍鹰之啸穿透林间的宁滞，星与树凝视，花与草持续，虫儿哑曲，鸟儿和鸣，幡然醒来的土地。飞起，辽远的蓝，复生的万物，涌动的生灵，湍流不息。冥思穿透星际，如风，扑动勃发的羽翼，俯视大地，一次次幽合中又一次次莲启……

盏一壶风，去醒月。心神自有一处清凉，情感自有一处静谧，微笑自有一处明亮，疏朗自有一处自性。我愿意静与一段朴素时光相融，或深山或水岸或幽林或花荫或只是一掩门而居的静室，去听去看长风袭月，犹如被飞过的鸟鸣拉奏的云弦。即此，尘烟落空，静安自处，自静而饮，静心相望，静而自喜！

2018 年 7 月 28 日晚散步归来

一个形而上的晨

一个形而上的早晨
世界睁开眼睛
一只鸟儿像牧羊一样挺直了脊梁
水边
养精蓄锐
梳理羽毛
收起明锐的目光
不去研究小溪与大河的深度
所有虚张声势的喧响不能延展生之内涵

阳光或细雨都能助长
它的眸中涌动着渴望
没有歌喉的鸣唱
拨动着水之琴弦
没有理由拒绝阳光的温暖
没有理由拒绝天空的深蓝
它与时间隔岸对峙
用一种形而上的站姿
血管的脉动如钟鼓
毫无防备,悄无声息

一场盛大的猎杀

也不能阻挡一束光

不曾遗忘一对翅膀

这一刻曙光划破天际

弹拨时间的空旷

2018 年 9 月 15 日晨

玄耕句读

蓝色牧歌
LAN SE MU GE

喝火令·书斋即思

淡茶偶能醉,茅斋每自醒,日上枝头有清阴。心静远闻山籁,相伴素弦琴。

开窗听鸟鸣,溪声也可寻,风扫旷野声森森。但任尘噪,但任世情沉。但任几分烦恼,都付野云深。

2019 年 7 月 8 日晨醒

瓶中荷

婆娑的虚影掩不住那种低吟

一首卷帘零落

淘洗时间

浩大的意境会漫出谁的孤傲与纯粹

空白失血

撞入风尘

不管花语乱红

不管翠影堆烟

不管暮色横风

不管浅月温润

只持凉露望秋声

放牧虚拟,却放不下柴门

濯染残句，却染不了抱山摘风的人

古风吹歌
莲心化成谁的风辞
用尽一生的安宁与很旧的月光
轻醉，清静无为为莲，坐禅？！
呼唤另一个时空
次第众生
多少个我自在浮尘

2019 年 8 月 3 日晨

无题

佛音一卷山间，
灼灼鸟鸣流缓。
林梢风语成诗，
痴痴月光新瓣。
荼蘼花事步约，
一挂一挂牵绊。
采茶诗经煮字，
跌宕自喜清欢。
一曲柳丝凝咽，
云破琴音穿线。
目濯秋花尺素，

晚晴西窗冷艳。

光阴自在老去，

无边风月擦肩。

天水共色俱净，

任意西东也淡。

2019 年 8 月 21 日晨

无题

尘烟一缕，思千般，盈盈飞绪绕窗阑。远未远，携梦过乡关，频回首，笑问灯影几分闲。冬不忍寒，香又暖，秋千架上待逸飞，淡淡一层烟。游若丝，静可禅，若即若离扶风起，青山过尽，还青山。

2019 年 11 月 17 日晨安

临江仙·秋日傍晚

目极远黛云闲，犹寻白鹭孤踪。溪烟落霞洗荷红。隔岸观儿枝，叠翠影渐空。

何处秋声渐起，瑟瑟新凉酒浓。一襟斜照一襟风。落拓正疏狂，尘归各西东。

2020 年 9 月 12 日晨，有温度的世界，各自体味

玄耕句读

蓝色牧歌
LAN SE MU GE

辑四　我行我歌皆可期

蓝色牧歌
LAN SE MU GE

四、如归

凌波燕子踏青曲，回眸赠我伯牙弦。

魂归来兮

（一）

月影阑珊，不许风吹散。驻足枝前听婉婉，影与月诉喃喃。

（二）

许君收拾花残，相携一坡清浅。来年再著香浓，卷帘为君探看。

人的视域总是停驻在尘世的浮华上，而听不见自然里的微语，其实人世的生灭都已熔铸在大自然的荣枯里生生不息，人却要穷其一生才能彻悟。一株草一朵花，无所求地萌发，无怨悔地凋萎。自具足一生，人之不及。山的巍峨成就了水的婉转，水的流深孕育着万物，什么是恒常？什么是永远？什么是不朽的恪守？山河花草的自然伦常解缚着人思想的狭促，我在大自然的招引里栖息于冬的枝头，魂归来兮……

2017 年 11 月 11 日晨

蛰伏

就这样被风裹挟着

播种在冬的眠土

一种如归的姿势

悄无声息

凝练的日光浮影

烙印着一生

关于来生

一无所知

只知

你欠我一坡明月

一灯可以相看无言的烛豆

半纸绵绵的梦语

是时候了

我准备老去

感恩行走过的季节

漂白岁月里的故事

聆听着清净灵气

不再探问

生之何来死往何处的宿命

心内树碑以据

我需要一床雪的覆被

做一个长长久久的酣梦

只待春雷的呼唤

破土而来

2017 年 11 月 12 日晚

镜寻

大化之光，汤汤之水

九万里鹏举思图南

洪荒里的种子循着四野风的轨迹

从千年前的碑文里走来

敛去了媚与轻浮的温度

镜寻今生的自己

那遥远的原乡

空明的镜

照我依然闪亮的眸与薄如纸片的身躯

时光的迁徙者啊

举着岁月的票根埋葬着漂泊的脚印

纵深是沉默年轮的刻度，听见影落拔节的响声

一缕沉香划破寂静

微尘里的一柱光

看日月放牧时光

默守着最初的孤傲

把春天的种子埋下

2019 年 11 月 24 日晨整理

无题

斗室辗转吟，

执笔问阴晴。

空负春阳老，

倏忽花事轻。

知寒欺病骨，

蛛网粘碎尘。

落拓东君意，

殷勤字底印。

幽燃静夜时，

檀心难画成。

琉璃月影白，

舒放比莲清。

2020 年 3 月 13 日晨醒

无题

山隐约，水潺流，半窗月半，春浅春深春更漏。欲言止，风轻柔，一枝凝睇百转还羞。长相忆，思如旧，挥墨烟雨楼，展颜尘埃，研磨连史山河透。一笔，一盂，一画轴，烛影添红袖。

2020 年 3 月 17 日晨

欲言止，风轻柔，一枝凝睇百转还羞。

蓝色牧歌
LAN SE MU GE

辑四　我行我歌皆可期

无题

风拨柳弦曲

绵绵佳人叙

卿卿唤我回

妆残初带雨

纷纷林花落

朱笔纸上语

落拓东君意

流莺衔飞絮

拈香藏发间

眉隐庄周趣

绝尘入春泥

蝶化生死许

2020年3月22日增记

无题

晨思一缕扫蛾眉，

弱柳拂云竞芳菲。

宿墨静安禽池眠，

檀毫羌管赋笛飞。

2020年3月23日增记

无题

春熙，归燕，碧水粼波，悠扬深林曲蜿。青山袂，霞烟恋，画楼云间。歌飞似，欲揽月彼岸，风吹管，夜阑。袅影灯醒，暖亭闲院，人迹寥寥，今宵星燃新盏。径幽，步缓，忧喜半。春浓，春不同，入深出简。拈风和雨，尘透，青颜，描摹百花，泼墨池砚，画个春深春不倦。

2020 年 3 月 25 日晨醒

春雨

唐风宋雨等闲丝，
偶有幽古敲窗辞。
春色枝上吟讴咏，
潜文润字葱茏诗。
小楼一夜摇舟去，
澹澹也来临碣石。
梨花晨白鸟语软，
恣燃醉意正当时。

2020 年 3 月 27 日晨

春花

落云人家一溪春，
点墨笺上红粉匀。
一袭一袭春色浓，
桃红泅歌径林深。
夭夭枝上含烟笑，
似开未开最多情。
我看春花多妩媚，
春风见我似故人。

2020 年 3 月 29 日晨

无题

草木无息清梦叙，
轻歌万里当年曲。
青苔低吟阶上痕，
不问归期何时雨。
一溪斜阳嫌纸短，
半岸青山又两句。
几根锦瑟沉浮茶，
隔窗燕子梨花语。

2020 年 3 月 31 日晨

无题

（一）

春风赠我一枝樱，
解我相思又几枚。
韶华不怕霜欺老，
径深却看梦蝶飞。

（二）

岸堤醒柳拂云开，
小院樱红似粉腮。
关春不住柴门掩，
朵朵叠翠任风裁。

（三）

倾瓶春浆四溢欢，
袅袅岸柳绿绮弹。
凌波燕子踏青曲，
回眸赠我伯牙弦。

2020 年 4 月 5 日晨记昨日郊游